A COMUNICAÇÃO

LUCIEN SFEZ

A COMUNICAÇÃO

Tradução
MARCOS MARCIONILO

Martins Fontes

O original desta obra foi publicado em francês com o título
La communication.
© 2004, Presses Universitaires de France, Paris.
© 2007, Livraria Martins Fontes Editora Ltda., São Paulo, para a presente edição.

1ª edição
Maio de 2007

Tradução
Marcos Marcionilo

Preparação
Carla Saukas

Revisão
Regina L. S. Teixeira
Edison Urbano
Simone Zaccarias

Produção gráfica
Demétrio Zanin

Dados Internacionais de Catalogação na Publicação (CIP)
(Câmara Brasileira do Livro, SP, Brasil)

Sfez, Lucien
  A comunicação / Lucien Sfez ; [tradução Marcos Marcionilo]. – São Paulo : Martins, 2007. – (Coleção Tópicos Martins)

  Título original: La communication.
  Bibliografia.
  ISBN 978-85-99102-52-7
  1. Comunicação 2. Comunicação de massa I. Título. II. Série.

06-6953   CDD-302.2

Índice para catálogo sistemático:
1. Comunicação : Sociologia   302.2

Todos os direitos desta edição para o Brasil reservados à
Livraria Martins Fontes Editora Ltda. para o selo ***Martins.***
Rua Prof. Laerte Ramos de Carvalho, 163
01325-030 São Paulo SP Brasil
Tel. (11) 3116.0000 Fax (11) 3115.1072
info@martinseditora.com.br
www.martinseditora.com.br

Sumário

INTRODUÇÃO 9
  I. A gestão tradicional da comunicação 14
  II. As teorias explicativas 16
    1. A teoria da ação comunicativa de Jürgen Habermas 17
    2. Jacques Ellul: técnica e sociedade 19
    3. Pierre Legendre: o amor pelo absoluto 22
  III. Três metáforas, três visões de mundo 24
    1. Representar, ou a máquina 25
    2. Exprimir, ou o organismo 26
    3. Confundir, ou Frankenstein: o tautismo 27

CAPÍTULO I – A COMUNICAÇÃO REPRESENTATIVA 31
  I. A bola de bilhar 32
    1. Primeiro princípio 32
    2. Segundo princípio 33
    3. Terceiro princípio 34
    4. Uma máquina semiótica 35
    5. O sujeito persiste 36
    6. A teoria da informação 37
    7. A entropia 39

II. A inteligência artificial 42
1. Os inspiradores: Chomsky e Turing 42
2. A inteligência artificialíssima de Simon e Newell 45
3. Os deslizes Simon 49
4. O delírio Minsky 53
III. A psiquiatria robótica 54
IV. As concepções mecanicistas dos *mass media* 57
1. As primeiras análises: a dominação do emissor 57
2. Aqui, o emissor perde o poder: o papel dos intermediários 60
V. A comunicação representativa na ciência clássica das organizações .62
Conclusão: Representação, primeira definição da comunicação 65

CAPÍTULO II – A COMUNICAÇÃO EXPRESSIVA 67

I. O Creatura 68
1. Da linha ao círculo 71
2. A ruptura de Von Foerster 74
3. Quadro da metáfora organística 76
II. A chamada Escola de Palo Alto 77
1. Do indivíduo à orquestra 79
2. Da teoria à experiência 83
III. Auto-organização: fechamento e soluções 85
1. Três postulados 86
2. O fechamento Varela 89
3. Atlan circunscreve o problema 90
IV. O conexionismo ou a inteligência artificial expressiva 92
V. *Mass media* expressivos 95
1. O modelo de Barnlund 95
2. O modelo de Thayer 96
3. Fatores socioculturais 97
4. A coer(sedu)ção de Ravault 98
5. A aculturação segundo Gerbner 99
VI. A comunicação expressiva na ciência nova das organizações 101
Conclusão: Expressão, segunda definição da comunicação 105

CAPÍTULO III – A COMUNICAÇÃO CONFUSIONAL 107

I. O tautismo: noção e práticas 108
1. O tautismo: primeira aparição 108
2. Tautismo: manifestações práticas 110
II. *Mass media* confusionais 112
1. A comunicação televisiva 112
2. O círculo de Baudrillard 113
III. Publicidade 117
1. O reclame, ou o objeto representado 118
2. A expressão publicitária 120
3. A publicidade é nominalista, ou tautística 122
IV. Tecnologias do espírito e ciência cognitiva 124
1. As tecnologias do espírito 124
2. A ou as ciências cognitivas 133
V. A comunicação, critério dos regimes políticos 136
Conclusão: Confusão, terceira definição da comunicação 141

CONCLUSÃO GERAL – CONTRA A COMUNICAÇÃO CONFUSIONAL: A INTERPRETAÇÃO 143

O bom senso 144
A comunidade de intérpretes 146

Bibliografia 149

Introdução[1]

Jamais, na história do mundo, falou-se tanto em comunicação. Parece até que ela deve resolver todos os problemas. A felicidade, a igualdade, a realização dos indivíduos e dos grupos. Ao passo que os conflitos e as ideologias, segundo se crê, são atenuados.

A comunicação invade todos os campos: nas empresas, onde o setor de relações humanas, que não passava de um elemento entre outros, se torna preeminente; ainda nas empresas, onde o *marketing* outrora era aplicado ao produto, ao passo que hoje ele trabalha a imagem da própria firma; nos meios políticos, que só decidem depois de ouvir o *marketing* político e a imagem da marca e que doravante acreditam que uma linha política sem eco nas pesquisas de opinião não é assimilada; na própria imprensa, em que

---
1. Para todos os temas aqui abordados, cf. Lucien Sfez, *Critique de la communication* (Paris, Seuil, 1988; 2. ed. ampliada e refundida, 1990; 3. ed., 1992).

as colunas sobre "comunicação" florescem; no audiovisual, objeto de todas as cobiças políticas e publicitárias; na publicidade, que pretende alcançar maiores honrarias ao se autodenominar "empresa de comunicação"; no campo da edição, onde se publicam livros padronizados, semi-industriais, "livros Poilâne"*, segundo a bela definição de Marc Guillaume; na esfera religiosa, que não é poupada e que doravante quer nos revelar um deus amável e apresentável; nas psicoterapias individuais e de grupo, que se pretendem "comunicativas"; na ciência das organizações e da decisão; nas próprias ciências exatas, físicas e biológicas, contaminadas pelo vocábulo "comunicação"; sem falar, é claro, da inteligência artificial, da informática ou das ciências cognitivas. Curiosa e intensa convergência desses diversos campos. Consenso transnacional ou, como se pode crer, nova ideologia, ou até mesmo nova religião mundial em formação.

Sucessivas camadas foram se depositando. Nos anos 1970, os primeiros delírios sobre a informática em nossas sociedades: do relatório Nora-Minc à privatização das companhias telefônicas, tão desejada pelos engenheiros da France Télécom e apresentada como o início de toda a liberdade possível; nos anos 1980, a multiplicação dos canais de tele-

---

* Comparação com os pães produzidos semi-artesanalmente, em forno de lenha, na padaria dos Poilâne, aberta em Paris em 1932. Poilâne se tornou sinônimo de fabricação artesanal de qualidade e de globalização, porque seus pães são conhecidos no mundo todo e vendidos no Japão, na Arábia Saudita, na Alemanha e nos Estados Unidos, via Fedex. (N. de T.)

visão e dos videocassetes, instrumentos decisivos – dizia-se – de democratização cultural; nos anos 1990, a logorréia na internet, que chegou no século XXI como uma bolha esvaziada[2]. O que se ouviu acerca da internet? Que, por meio dela, nos seriam conferidas a felicidade e a igualdade, a ciência e a cultura, a inteligência coletiva, a democracia política e a solidariedade entre os homens. Em todos esses casos, dos anos 1970 ao ano 2000, uma comunicação técnica glorificada, ao alcance de todos, é posta em cena por publicitários experimentados, ministros em crise de discursos democráticos, industriais ávidos e jornalistas sob pressão e imprudentes.

Como diz o grande antropólogo americano da comunicação, James W. Carey: "Todos os valores atribuídos à eletricidade e à comunicação elétrica até o computador, o cabo e a televisão por satélite, inicialmente já o tinham sido ao telégrafo, em uma mescla idêntica de fantasia, propaganda e verdade"[3]. Comunicação tecnológica, que se pretende constitutiva de toda comunicação.

Mas nunca se fala tanto de comunicação como em uma sociedade que não sabe mais se comunicar consigo mesma, cuja coesão é contestada, cujos valores se desagre-

---
2. Cf. Philippe Breton, *Le culte de l'internet* (Paris, La Découverte, 2000); cf. ainda Dominique Wolton, *Internet et après?* (Paris, Flammarion, 1999).
3. James W. Carey, "McLuhan: généalogie et descendance d'un paradigme", *Revue Quaderni* (1997), p. 119; sobre todos esses pontos, cf. Lucien Sfez, *Technique et idéologie* (Paris, Seuil, 2002); idem, "Les ambassadeurs d'internet", *Le Monde Diplomatique* (mar. 1999).

gam, cujos símbolos, de tão gastos, não conseguem mais unificar. Sociedade centrífuga, sem regulador. Ora, nem sempre foi assim. Não se falava de comunicação na Atenas democrática, porque a comunicação estava no próprio fundamento da sociedade. Era o vínculo conquistado pelos homens em seu afastamento do caos que dava sentido ao sistema em todas as suas faces: política, moral, economia, estética, relação com o cosmos. Esse vínculo se chama a *philia*, amizade política. Rousseau detestava a comunicação, pois não a considerava instrumental, e estimava a *philia*, que situava, como os gregos, no centro e na fonte de toda atividade, na "santidade" de seu contrato. A comunicação também não constituía problema para a Cidade cristã, pelas mesmas razões: situada no próprio fundamento do cristianismo, ela amplia o lugar grego à medida do Universo.

Atualmente, perdemos a pista desses princípios primeiros, que asseguravam a coesão de conjunto: dispersão, emaranhamentos, superposições, cruzamentos. Babel. Fala-se cada vez mais, entende-se cada vez menos. Deus, a História, esse deus laicizado, as antigas teologias fundadoras das grandes figuras simbólicas, tais como a Igualdade, a Nação, a Liberdade, desapareceram como meios de unificação. Ora, essas figuras permitiam ver mais claro, situar-se no mundo, agir com conhecimento de causa. É no vazio deixado por sua falência que nasce a comunicação, como desesperado empreendimento para ligar análises especializadas, meios extremamente estanques. Como uma nova teologia, a teologia dos tempos modernos, fruto da confusão de valores e de fragmentações impostas pela tecnologia. Jacques Ellul e a Escola de Frankfurt descobriram a corrosão do social por meio da técnica[4]. Agente de fragmentação, e até mesmo de diluição dos vínculos simbólicos, ela se impõe, no momento em que eles já se encontram enfraquecidos. Ela pretende, então, tratar o organismo que levou à agonia. Tratá-lo mediante um incremento de técnicas chamadas tecnologias da comunicação. Notemos que todas as tecnologias de vanguarda, digo todas, das biotecnologias à inteligência artificial, do audiovisual ao *marketing* e à publicidade, enraízam-se em um princípio único: a comunicação. Comunicação entre o homem e a natureza (biotecnologia), entre os homens em sociedade (audiovisual e publicidade), entre o homem e seu duplo (a inteligência artificial); comunicação que exalta o convívio, a proximidade ou até mesmo a relação de amizade (*friendship*) com o computador. Poderíamos supor que aqui se trata apenas de argumentos de venda. Mas não só: a comunicação se transforma na Voz única; só ela pode unificar um universo que perdeu no caminho todo outro referente. Comuniquemo-nos. Comuniquemo-nos por meio dos mesmos instrumentos

---

4. De *La technique ou l'enjeu du siècle* (Paris, A. Colin, 1954) a *Le système technicien* (Paris, Calmann-Lévy, 1977), ambos de Jacques Ellul. Jürgen Habermas, *La technique et la science comme idéologie* (Paris, Gallimard, 1973); Max Horkheimer, *Théorie traditionnelle et théorie critique* (Paris, Gallimard, 1974).

que debilitaram a comunicação. Esse é o paradoxo no qual nos vemos lançados.

Ele nos indica o caminho a seguir: a crítica da comunicação se transforma em uma crítica da telecomunicação. O trabalho deve passar por uma desmontagem das estratégias dessa tecnocomunicação e das atitudes diversas, contrastadas, encavaladas e confusas que são as nossas, para poder dar-lhe resposta[5]. Compreender essas estratégias é compreender a gestão tradicional da comunicação e seu fracasso atual (I); é tomar conhecimento das teorias explicativas desse fracasso (II); é tentar, mediante um novo método, escapar às cruéis confusões da comunicação atual (III).

I | A gestão tradicional da comunicação

As metáforas da máquina e do organismo desenvolvem, uma e outra, duas concepções da comunicação.

Como representação, a comunicação é um meio útil de vincular os elementos estocásticos, atomizados, para obter o elo poderoso exigido pela vida em sociedade: hierarquias, ligações verticais e horizontais, representação da representação por signos e sinais[6].

Como expressão, a comunicação é ligação interna e participação total. Se algumas etapas e hierarquias são

---
5. Cf. Alain Cotta, *L'homme au travail* (Paris, Fayard, 1987), especialmente o capítulo 7.
6. Para a representação política, cf. François d'Arcy et alii, *La représentation* (Paris, Economica, 1985).

requeridas para amarrar entre si elementos que, por definição, já são totalidades, devem-se convocar níveis específicos de ligação para campos particulares.

Essas concepções presidem ao político, que é por elas instruído. É desse modo que poderíamos compreender como a comunicação social, em todas as constituições democráticas, da Grécia antiga a nossos dias, reserva lugar, alternativamente, a uma visão representativa e a uma visão expressiva, que conjugam seus efeitos em uma visão política, chamada, em *L'enfer et le paradis*[7], de "política simbólica".

Uma política simbólica – Vê-se bem como esses dois modos de ligação podem atuar em uma política generalizada da comunicação. De um lado, uma representação que multiplica os signos e os signos dos signos, para tentar alcançar o real concreto dos indivíduos e dos grupos, erige sujeitos representados, com suas divisões territoriais e sociais, e se deixa arrastar rapidamente por si mesma, rumo a uma mecânica de separação, rumo a uma desrealização total. De outro, uma visão expressiva da comunicação repara essas divisões ao apresentar uma ligação de outro tipo: uma ligação simbólica. Ao convocar cultura, tradições, memórias do passado sob a forma de imagens "significativas", é para a interpretação que ela tende.

---
7. Lucien Sfez, *L'enfer et le paradis* (Paris, PUF, 1978; 2. ed., Paris, PUF, col. "Quadrige", 1993, já sob o título *La politique symbolique*).

Visão holística. Cada um, indivíduo ou grupo, é mobilizado por uma totalidade pela qual se vê tomado, à qual se vincula a partir do interior. Grandes festas da comunicação social, sacralização do vínculo que vem, no momento oportuno, remediar a fragmentação dos signos. Contudo, requerer ou recorrer não é confundir. Para que uma das duas concepções possa curar a outra, a diferença se faz necessária. Uma espécie de antídoto ou de contrapeso é exigida. São necessários o ritual e a regra na comunicação fusional. É necessária a imagem fusional no programa, para que ele convença. O todo é que haja um "fora" e um "dentro".

Se essa lei não for respeitada, nós nos encontraremos ou no delírio da razão representacional, ou no caos expressivo. Ou ainda – e esse é o ponto central de nossa *Crítica da comunicação* – na fusão de dois delírios, sem distinção. Confusão do sujeito e do objeto, do emissor e do receptor, da realidade e da ficção. Perda do sentimento de realidade e perda do sentido. Como se chegou a isso?

Recorramos à ajuda das teorias explicativas.

II | As teorias explicativas

Esquematizamos três teorias explicativas principais:
- a de Jürgen Habermas;
- a de Jacques Ellul;
- a de Pierre Legendre.

1. A teoria da ação comunicativa de Jürgen Habermas

A) *As teses de Habermas* – Pode-se supor que a sociedade "deriva" de atos de comunicação que ligam os elementos civis entre si. Tais atos são voltados para um *entendimento* ou para um *sucesso*. Se os segundos – os atos que visam aos sucessos – são referidos a empreendimentos comuns e exigem um programa, um confronto de perspectivas, de compromissos e, em resumo, de atos políticos que passam pelo racional, os atos voltados para o entendimento são um pouco mais difíceis de delimitar, pois, na maioria dos casos, escapam à análise racional. Com efeito, eles se instalam a partir de *a priori* desconhecidos até mesmo por quem os põe em prática. *A priori* que podemos qualificar de horizonte cultural, forma de vida de alto teor simbólico que não se exprime e é, antes, implícito: costumes, comportamentos herdados. Habermas toma a noção de *Lebenswelt* emprestada da fenomenologia (Husserl) como busca de um consenso no lado das razões e das justificativas. Mas a técnica comunicacional, por meio das mídias, se substitui amplamente aos modos de entendimento tradicionais, que são a linguagem cotidiana e as culturas subjacentes às quais essa linguagem recorre. Ora, na *Lebenswelt*, há um holismo de base. O todo é dado inicialmente como pacífico e só é problematizado em caso de haver algum incidente.

Podemos, aqui, resumir a contribuição de Habermas: a comunicação está no social, na língua que é social, no implícito, no prejulgado. A comunicação não é maquínica, mas compreensiva. Ela emerge em momentos de ruptura. A vivência do mundo é captada, tecnicizada por atores responsáveis. E é, então, transformada e colonizada. Mas não perdeu todas as chances... Desde que, claro, escape das estratégias lineares do *sucesso* e se oriente para o *entendimento*. Pois a estratégia do sucesso não pode assegurar a transmissão de valores.

B) *Crítica às teses de Habermas* – Observemos, inicialmente, o regime das dicotomias às quais Habermas pretende nos submeter. Entendimento se opõe a sucesso, sociedade crítica a Estado, manipulado a manipulador. O bem e o mal, a sombra e a luz e tantas oposições arraigadas na utopia de uma reconciliação definitiva dos homens entre si e com a natureza. Nosso profeta não parece se incomodar com o fato de esse mito, sempre redivivo, ser chamado de reinado de Deus na terra ou, mais tarde, comunismo. Quanto mais suas análises se refinam e se aprofundam, tanto mais ele emudece diante desses pressupostos ingênuos. Especialmente, não se encontra nada na obra que nos informe sobre a comunicação *hoje*. Generalidades, um cenário que pode servir de guia: essa é a contribuição de seu objetivo filosófico realmente crítico.

Mas se, como Habermas o afirma, a comunicação está no núcleo do vínculo social (assim como a falsa comunicação, que legitima a dominação), é curioso não encontrar nenhuma referência àquilo que eu chamo "as tecnologias do espírito", que estão no centro das práticas comunicativas atuais. Nada sobre a inteligência artificial, nada sobre a ciência cognitiva, nada sobre as transformações da biologia, nada sobre as psicoterapias individuais ou de massa, nada sobre as mudanças de paradigma nas ciências, indissociáveis das teorias da comunicação, nada sobre a lingüística ou, quando muito, generalidades sobre ela. Tratar da comunicação sem abrir espaço a esses campos, sem inseri-los em um aparato crítico, não é tratar da comunicação. E crer que a crítica aos meios de comunicação de massa escritos ou audiovisuais esgota a questão é considerar que uma árvore é toda a floresta.

2. Jacques Ellul: técnica e sociedade

A) *As características do sistema técnico*[8]. O sistema técnico suprime a fratura objeto/sujeito. Sistema que se pretende neutro, ele neutraliza tudo o que o cerca. Sem se identificar com a própria sociedade, marcada por suas resistências e por sua irracionalidade, ele a influencia profundamente.

---
8. Cf. Jacques Ellul, *Le système technicien* (Paris, Calmann-Lévy, 1977).

Tudo se torna intercambiável, o social se torna abstrato. O real e o fictício se tornam similares. A linguagem perde sua magia quando passa pelo crivo da análise estrutural. A decisão não existe mais, absorvida pela complexidade das estruturas. O cidadão se torna "propagandeado"[9], e o homem político é vítima de ilusões de liberdade. O sistema técnico não gera nenhum conteúdo, não suscita nenhum sentido: apesar disso, ele é determinante, pois dá a forma unificada dos comportamentos e das estruturas. Ele é a própria potência. Dá-se a tecnicização do amor, da religião e da arte: a arte empresta seus traços à técnica[10]. O erro de Malraux foi notável: ele inscreveu a arte contemporânea na continuidade clássica, quando há aqui uma verdadeira ruptura com aquilo que foi sua essência. A linguagem explode, bem como a sociedade; é o fim da comunicação. Parece que a alienação total, provocada pela técnica, permitiria receber a *graça*. Mas a técnica é incapaz de mediatizar, de simbolizar. Ela pretende ser mediadora exclusiva. Ela é *auto-simbolizante*, e por isso rechaça para as trevas todas as outras simbólicas, que, com isso, se tornam arcaicas e vãs. De fato, Ellul visa ao retorno do sujeito, da intenção, do sentido, da transmissão (comunicação), para além de todos esses objetos ou operações.

---

9. Jacques Ellul, *Propagandes* (Paris, A. Colin, 1963).
10. *L'empire du non-sens* (Paris, PUF, 1980).

B) *A contribuição de Jacques Ellul* – Dois pontos fortes saltam à vista. O primeiro: as características do sistema técnico que impedem a comunicação, porque a neutralizam, fragmentando e dividindo ao infinito os homens entre si. Babel moderna, espécie de nova punição divina. O segundo: a teologia da técnica. Por conta da alienação total que provoca, ela suscita comunicações específicas, apropriadas à estrutura. Não censurarei Ellul por não ter escolhido a comunicação como objeto de análise.

C) *Crítica a Ellul* – Mas quando, incidentalmente, ele trata das tecnologias da comunicação, mantém a imprecisão e é freqüentemente inexato[11]. Em nenhuma hipótese, eu poderia compartilhar sua cólera contra o computador binário, que impediria todo pensamento dialético, dado que aqui Ellul confunde a linguagem digital interna ao computador (por sinal, provisória) com a linguagem computacional, que se enriquece todos os dias[12]. Tampouco posso, em hipótese alguma, aceitar a idéia, hoje recusada por todos os especialistas, de que o computador não passa de cálculos que aplicam um programa humano que lhe é imposto a partir do exterior: idéia inadequada, simultaneamente verdadeira e falsa, dado que o computador, mesmo não "pensando",

---

11. Aqui, levemos em conta que *Le système technicien* foi publicado em 1977 e que é apenas o reflexo das discussões da época sobre esse ponto.
12. Cf. Z. W. Pylyshyn, *Computation and cognition: toward a foundation for cognitive science* (Cambridge, Mass., Bradford Books, 1984).

como o crêem algumas mentes primárias, se lança em circuitos imprevisíveis, freqüentemente aleatórios. Portanto, é inútil, como o sugere Ellul, opor a decisão humana, capaz de ruptura, ao computador, capaz apenas de reprodução. Suas próprias imprevisibilidades, justamente ao contrário, podem se reunir às imprevisibilidades humanas, estimular a reflexão, gerar, com o tempo, o novo.

Mas esses erros em nada diminuem o grande alcance das análises de Ellul.

3. Pierre Legendre: o amor pelo absoluto

"A ideologia da comunicação universal e as ilusões da língua total têm livre curso, como conseqüência natural da civilização romana[13]." Fantasia de onipotência.

A) *Comunicar é partilhar* – A comunicação é normativa. Ela leva a comunicar – pôr em comum – o que não deve permanecer como privado. Ela consiste em pôr em prática o vínculo político de nascimento, e isso por meio do direito que cria a distância e produz a alteridade, permitindo a identificação. Logo, a família é politicamente fundada, e o pai não passa de uma ficção que remete àquilo que funda o sistema. A política civiliza o objeto mítico por seu poder de representar todas as ficções posteriores da transmissão.

---

13. *L'empire de la vérité* (Paris, Fayard, 1983).

B) *As* Leçons sur la communication industrielle – Tentemos agora isolar o objeto comunicação na obra de Legendre, explorando suas *Paroles poétiques échappées du texte. Leçons sur la communication industrielle*, publicado em 1982. "Eu detesto a palavra 'comunicação'. Socialmente, a fala é o império da força; a comunicação é um dogma, uma rede de proposições que nos remete ao princípio de autoridade[14]." Hoje, buscamos não ser manipulados. Ladainha de todos os cientistas, que pretende eliminar o jogo imaginário do poder oculto. Ora, a comunicação não está aí para garantir a realidade, ou dar satisfação, ou satisfazer a objetividade. Trata-se de um artifício, que é divertido, euforizante, que está aí para ocultar a violência, para manter a fachada. Ela é teatralmente convocada, "contando com a imbecilidade e com nosso infantilismo".

A contribuição essencial de Legendre reside em seu elogio da censura institucional, censura que envolve múltiplos intermediários entre o Absoluto, o Indizível, o Inominável (Elohim, para os judeus) e nós. Pois a adesão ao absoluto, à mãe, ao Pai como segunda mãe, ao Estado fundador, ao Texto inicial sem sujeito, é delírio e leva à loucura. Legendre nos faz ver todos os aspectos possíveis dessa adesão: dos psicossomaticistas que nos fazem aderir a nosso corpo, sem perceber que o próprio inconsciente está cindi-

---

14. *Paroles poétiques échappées du texte. Leçons sur la communication industrielle* (Paris, Seuil, 1982), p. 9.

do, passando pelos teóricos da gestão empresarial, que pretendem impor sua verdade publicitária *diretamente*, para chegar aos fanatismos religiosos ou políticos, pelos quais se pretende que exprimamos adesão ao corpo soberano, sem nenhuma preparação prévia. Mas o *indizível*, o *implícito* subsistem. Eles são necessários ao Desejo, à saúde, à reprodução. E a própria ciência, em sua intenção de explicação, nada poderá contra isso, além de acrescentar comentários suplementares à dogmática inicial.

C) *Crítica a Legendre* – É inútil criticar Legendre extensamente. Observaremos apenas que o problema do método é justamente o inverso de suas espetaculares qualidades: situando-se tão longe, tão alto, ele desbasta a atualidade com mestria... mas isso o impede de analisá-la com a mesma minudência das decretais de Graciano.

Não esqueceremos sua inspiração, mas aqui vamos preferir forjar armas de médio alcance, para atingir o alvo "comunicação" de maneira mais precisa.

III | Três metáforas, três visões de mundo

Apresentaremos, a partir daqui, nosso método, que intenta captar a totalidade dos fenômenos e dos mais heterogêneos campos da comunicação, identificando-os a três metáforas fundadoras, que remetem a três visões de mundo. As metáforas são ilhotas imaginárias, que motivam a pesquisa e criam zonas de atração para os conceitos. Elas tecem um mundo de pressupostos que trabalham em surdina e habitam nosso modo de conceitualizar, de inventar ou de pesquisar. Exemplo: o espírito como continente e as idéias como conteúdos, que, por sua vez, contêm palavras que os exprimem, eis uma seqüência de metáforas que não são estranhas à metáfora mais geral da máquina.

1. **Representar, ou a máquina** – Primeira atitude, a mais clássica: diante da constatação tecnológica, apela-se para o discurso da razão; o primado do sujeito existe. O homem permanece fundamentalmente livre em face da técnica. Ele faz uso dela, mas não se lhe submete. A preposição "com" se destaca[15]. É "com" a técnica que o homem realiza as tarefas que determina e que se mantém como senhor das atividades cujo meio pensou. Trata-se da metáfora da "máquina de comunicar" com o mundo: a máquina é exterior ao homem, e ele faz uso dela para dominar as forças da natureza. Máquina que é mero instrumento por meio do qual o homem realiza mais facilmente determinada ação. O uso do termo "máquina" não é neutro. De certo modo, ele rege

---

15. As preposições "com", "em" e "por" constituem uma classificação muito diferente da de Don Ihde, em "Technics and praxis, a philosophy of technology", em *Boston studies in the Philosophy of Science* (Dordrecht, D. Reidel Publishing Company, 1979, t. XXIV).

todo um conjunto de noções, tecendo relações entre elas, suscitando imagens, gerando pressupostos em surdina.

Falar da comunicação como de um mecanismo gera uma série de posições acerca dos sujeitos que são considerados usuários dela, tanto mais e como resultado de certa idéia do que é uma máquina. A máquina é objeto. O sujeito é separado dela. Ele a utiliza e domina. A salvo o sujeito. Tem-se aqui uma coincidência total de duas teorias clássicas da representação e da comunicação, todas as duas baseadas sobre uma tripartição. Com efeito, a comunicação estabelece a distinção emissor-receptor e introduz entre eles um canal. A representação apela a um representante e a um representado e os liga por meio de um mediador, de um lado, virado para o mundo objetivo; de outro, para o signo que o garante. Resultado: poderes consideráveis, exclusivos, são concedidos à mídia nos dois casos. O receptor da mensagem pode apenas gravar a realidade objetiva transportada pelo canal. O representante é o único que tem o poder de garantir a objetividade.

2. Exprimir, ou o organismo – Aqui os objetos técnicos são nosso ambiente "natural", pois estamos sujeitos à visão de mundo que eles induzem. Nessa organização, na qual somos parte de um todo, o que conta é perceber as trocas possíveis e analisar o papel dos elementos que formam o todo que chamamos universo. Acaso e necessidade: as regras não estão estabelecidas de uma vez por todas, subsistem bolsões aleatórios, e a identidade de um sujeito deve ser definida pontualmente. É a preposição "em" que se destaca. *Em* um mundo feito de objetos técnicos, o homem tem de contar com a organização complexa de hierarquias à qual se submete. Ele é "lançado no mundo", a técnica se torna sua natureza. A idéia de domínio perde força, cedendo lugar à de adaptação. Ao utilizar a preposição "em", o homem se insere em outro modelo, o do *organismo*, que atua como uma relação interna das partes e do todo.

A metáfora do organismo comanda os desdobramentos de uma ecologia universalizante, e encontraremos pistas dela em um grande número de teorias da comunicação. Aplicada à comunicação, a expressão constitui uma indiscutível flexibilização do esquema representativo. A mídia deixa de ser um personagem à parte, tradutora do mundo objetivo para um receptor passivo. A mídia está no mundo, tanto quanto o receptor, assim como o mundo está na mídia e no receptor. A mídia, então, se aloja nos interstícios minúsculos desse *continuum*. Ela é apenas o indivíduo que conhece, capaz de enunciados justos, adequados ao mundo. Aqui, cada um é capaz de ser sua própria mídia. Cada qual é *subjetivamente objetivo* em sua grande atividade de união com o mundo. Comunicação democrática ao alcance de todos.

3. Confundir, ou Frankenstein: o tautismo – Frankenstein é uma metáfora, o "tautismo" é seu conceito. Metáfo-

ra e conceito que correspondem a uma terceira atitude: a constatação tecnológica leva a melhor. Ela rege a visão de mundo. O sujeito só existe por meio do objeto técnico que lhe determina seus limites e lhe atribui qualidades. A tecnologia é o discurso da essência. Ela diz tudo sobre o homem e sobre seu futuro. Aqui, é a preposição "por" que se destaca. Por meio da técnica, o homem pode existir, mas não fora do espelho que ela lhe estende. Quem sabe talvez ele se apague como produtor para não ser mais que produto, deixando a primazia à máquina inteligente da qual receberá lições? O terceiro modelo metafórico é aquele que chamamos aqui de *Frankenstein*. É por meio dessa metáfora que se constitui o rosto do homem. Seu duplo o revela a si mesmo. O esforço da ciência cognitiva e da inteligência artificial tende a reforçar esse ponto de vista, inteligência cujo modelo para o outro não se sabe qual é. Sujeito e objeto, produtor e produto são então confundidos. Perda da realidade, do sentido, da identidade.

Aplicado à comunicação, esse sistema leva à total confusão entre emissor e receptor. Em um universo no qual tudo comunica, sem que se saiba a origem da emissão, sem que se possa determinar quem fala, o mundo técnico onde nós mesmos, nesse universo sem hierarquias, estamos sobrepostos, onde a base é o cume, a comunicação morre por excesso de comunicação e se acaba em uma interminável agonia de espirais. É a isso que chamo "tautismo", neologismo que faz a contração de autismo e tautologia, evocando a totalidade, o totalitarismo.

Essas são as três metáforas constitutivas do conjunto do fenômeno comunicacional. Elas se identificam com três visões de mundo e com três políticas muito atuais e organizam o plano geral deste livrinho[16]:

– "A comunicação representativa" (capítulo I);
– "A comunicação expressiva" (capítulo II);
– "A comunicação confusional" (capítulo III).

---

16. Para um quadro sintético do conjunto das teorias e das práticas da comunicação nessa grade, cf. Lucien Sfez, "Interdisciplinarité et communication", *Cahiers internationaux de sociologie* (2001, *111*).

A comunicação representativa   I

Podemos afirmar que as duas teorias clássicas da comunicação e da representação coincidem[1]. A comunicação distingue um emissor e um receptor unidos por um canal: tripartição que se encontra na teoria clássica da representação, que distingue o mundo objetivo a representar e o mundo efetivamente representado, unidos por um mediador. Nos dois casos, poderes consideráveis são concedidos ao elo intermediário, mediador, representante legal, midiático. Vimos que a comunicação representativa tem por metáfora a máquina. Uma imagem expressiva dessa máquina comunicativa se chama "bola de bilhar" (I). Mas seremos nós, humanos, apenas uma bola de bilhar em um circuito?

---

1. Elas também coincidem com a teoria clássica, cartesiana, da decisão. Quanto a esse ponto, cf. nossa *Critique de la décision* (Paris, Fondation Nationale des Sciences Politiques, 4. ed., 1992, introdução) e nossa *Critique de la communication* (Paris, Seuil, 3. ed., 1992, introdução).

Eis quem nos introduzirá nas grandes discussões teóricas de uma inteligência artificial, modo essencial de comunicação do homem consigo mesmo e cujas bases estão muito enraizadas, da inteligência artificial representativa (II) e da robótica psiquiátrica (III), assim como nas teorias mecanicistas dos *mass media* (IV). Por fim, estudaremos as correlações e relações entre a teoria clássica da comunicação e a teoria clássica das organizações (V).

I | A bola de bilhar

O senso comum delimita o espaço interindividual para a comunicação. Dois sujeitos isolados, ou simplesmente distantes, decidem estabelecer relação. Ou um decide e o outro aceita. Ato voluntário, fruto de uma decisão pontual e que se conclui no próprio ato de realização. Tudo se passa como se o mecanismo de ligação fosse simplicíssimo: como uma bola em um fliperama. Introduz-se a bola em um circuito (aqui chamado de "canal") e ela atinge seu alvo (o receptor), que, na ocasião, devolve a bola por meio de intermediários. Emissor, canal, receptor. Lá dentro, uma mensagem.

1. Primeiro princípio – Tudo está na linearidade do movimento, e o que importa é a *conservação da integridade do movimento* (da mensagem). É o modelo maquínico por excelência, cujos elementos se encontram expostos nos *Prin-*

cipes de Descartes[2]. Claro que intervenções externas podem frear, desviar e contrariar o movimento, mas seu princípio permanece intocado. Condições necessárias dessa linha perfeita e que o senso comum não pretende esquecer. São necessários dois sujeitos falantes, com um repertório lexical e sintático mínimo em comum, que promovam trocas em uma área semântica comum, na intenção de comunicar. Assim como no caso da linha telefônica, que é preciso tirar do gancho nas duas extremidades.

O modelo é estocástico, atomístico, mecanicista. Estocástico, porque é passo a passo que a comunicação se faz, nesse momento aqui e por conta desse objetivo. Atomístico, porque a comunicação põe em presença dois sujeitos, átomos separados e indivisíveis. Mecanicista, em razão da linearidade do esquema de transmissão, que é uma máquina. A simplicidade desse modelo, que mais ou menos temos em mente em nossas práticas, é sua grande perenidade. Voltamos a encontrá-lo em todas as etapas de desenvolvimento teórico, da máquina a vapor à inteligência artificial. As razões do sucesso: ele é regido por princípios subjacentes a nossa cultura ocidental e que resistem a toda tentativa de análise e de destruição.

2. Segundo princípio – *A análise seqüencial e estrutural da ação*. Toda a operação de comunicação é analisada em

---

2. *Les principes de la philosophie* (Paris, Gallimard), pp. 633ss.; §§ 37, 39 e 40.

momentos distintos, assim como os elementos que a compõem. Um sujeito A, um canal com uma mensagem, um sujeito B. Unidades isoladas, distintas, referidas a momentos diferentes da ação. O movimento de transmissão, assim como o da bola de bilhar, é continuamente animado. Ele conserva sua "quantidade" até se encontrar com um obstáculo ou contrariedade. Quando a operação está concluída, o movimento atinge o estado de repouso, mas poderia continuar, se não tivesse encontrado obstáculo, pois não há razão alguma para que um movimento se detenha por si mesmo[3].

3. Terceiro princípio – Por fim, o terceiro princípio, *a exterioridade e a atomização dos elementos*: eles não se interpenetram. A mensagem do emissor é distinta da mensagem do receptor. Os dois sujeitos são distintos um do outro. As unidades que compõem a mensagem são descontínuas. Do contrário, estaríamos diante, não de uma comunicação, mas de um barulho contínuo. Paralelamente, podemos analisar a posição da bola a cada momento de seu percurso. A análise isola as partes que a experiência nos dá em totalidade. O modelo do senso comum, de rusticidade extrema, se encontra em certo número de teorias em diferentes níveis de elaboração. Podemos perceber isso *na semiologia estrutural e na teoria da informação*.

---

3. R. Descartes: ver a passagem sobre os autômatos em *Discours de la méthode* (Paris, Gallimard, parte 5), p. 164 [*Discurso do método*, São Paulo, Martins Fontes, 1999].

4. Uma máquina semiótica – Como se apresenta uma mensagem para que ela possa ser receptível (compreensível) pelo destinatário? Estando claro que uma comunicação oral respeita a linearidade mecânica emissor-receptor, a questão é saber em que condição a mensagem emitida pode atingir seu alvo. Aqui intervêm distinções entre *univocidade e plurivocidade, codificação e decodificação, conotação e denotação* e, por fim, a noção de *redundância*. Essas distinções e definições orientam-se todas para um fim: encontrar a melhor maneira de uma mensagem ser compreensível para o receptor; evitar que demasiados obstáculos intervenham na "linha", obstáculos devidos unicamente à má composição da mensagem. Conotação e denotação devem, na língua vernácula, compor-se em equilíbrio entre si. Pois, se não se pode formalizar a língua cotidiana, tampouco se pode poetizá-la em demasia. Esse equilíbrio, tão difícil, tem contudo sua chave, que é a redundância: para que uma mensagem seja audível, é preciso que alguns de seus elementos se repitam ou remetam a outros elementos já contidos na mensagem.

Aliás, fora dessa redundância "estrutural" inerente à utilização da própria língua, existe uma redundância prática, enxertada, que se articula no nível semântico. Se quisermos aumentar a capacidade de compreensão do receptor e reforçar a univocidade da mensagem, *repetimos* os mesmos termos, sejam sinônimos, paráfrases, ou outro procedimento qualquer. Quanto mais forte for a redundância no interior de uma mensagem, mais diminuída será a possibilidade de interpretação do receptor. Contudo, se a redundância for maximizada ou afetada por uma "desordem" tal que simplesmente não haja mais mensagem, ela se torna puro ruído. Existe, portanto, na língua falada, um ponto de equilíbrio da redundância que o senso comum utiliza com critério na conversação comum e que pode evoluir do mais para o menos, segundo se trate de uma linguagem poética ou especializada.

5. O sujeito persiste – A mensagem deve sempre dizer algo. Não falamos para nada dizer ou para não ser entendidos. Mesmo não se ocupando do estado dos sujeitos situados nas duas extremidades da cadeia, a semiologia estrutural presume que os dois sujeitos falam (a mesma língua) e desejam se comunicar algo. O estruturalismo não expulsa o sujeito tanto quanto se diz. Ele mantém o sujeito em filigrana, com seus atributos clássicos. O sujeito, átomo portador de uma consciência, domina a análise da linguagem, mesmo que permaneça na sombra e como se estivesse fora da investigação. Do mesmo modo, se é certo e seguro que a bola há de se mover, isso se deve à existência de um deus que não tem razão alguma para deter um movimento que ele mesmo produziu[4]. A bola de bilhar se move à sombra de Deus, assim como as mensagens se trocam à sombra do Ego.

---
4. Descartes, *Les principes de la philosophie* (op. cit.), §§ 37, 39 e 40.

Vê-se, então, desenhar-se a forma desse modelo "bola de bilhar": teleonômica (a comunicação é orientada para um fim), antropocêntrica, ou até mesmo antropomórfica (a comunicação se comporta como se tivesse consciência de ser comunicação, assim como a bola quer ser uma bola). Como uma produção voluntária, contudo, ela é apenas um objeto exterior aos que a produzem ou consomem: é uma matéria e, como tal, tem extensão, ocupa um espaço, admite partes e pode ser quantificada, desde que passe por um tratamento específico. Esse tratamento é da alçada da teoria da informação.

6. A teoria da informação – A cientificidade do modelo é reforçada pela teoria da informação. O fenômeno sob consideração é reduzido: trata-se apenas de uma mensagem em seu nível técnico, isto é, sem a intervenção de qualquer conteúdo semântico. Aqui, está descartado o problema complexo da significação. A mensagem sem conteúdo significante fica reduzida à produção de unidades descontínuas, em sucessão. Trata-se de uma série. Para que essa série de unidades possa alcançar a extremidade da cadeia sem ser deformada, é preciso que algumas condições sejam respeitadas:

– referentes ao canal transmissor;
– referentes à mensagem em si.

O canal: na análise semiológica, o canal era a própria língua e suas exigências. Aqui, o canal é fisicamente mensurável e modulável. Percebemos que o próprio canal pode interferir na mensagem: ecos e impurezas se misturam à mensagem, aquilo que se chamará de "ruídos".

A mensagem: para poder circular no canal, a mensagem em língua natural precisa ser processada. Aqui, a codificação intervém como um sistema de divisão de unidades. Ele será binário. À operação de codificação, localizada na entrada do canal, corresponde uma segunda operação de decodificação e de transcrição, localizada na saída do canal. A informação é, então, definida pela relação entre o que poderia ser dito e o que é efetivamente dito. Em outros termos, ela é a medida da escolha feita entre os possíveis. Essa liberdade de escolha de palavras intervém a cada momento da mensagem. As palavras se sucedem em uma cadeia. A mensagem se constrói com base em um cálculo de probabilidades de maneira estocástica (passo por passo), mas também depende do que foi estocasticamente escolhido antes. A esse processo se dá o nome de "markoviano". Mas a probabilidade de um substantivo se seguir a um artigo é maior que a de um verbo vir depois de um artigo. Em um conjunto suficientemente extenso, uma estabilidade estatística de escolhas posteriores se produz (processo ergódico). Dessa forma, a informação é medida de modo *quantitativo* pelo grau de probabilidade que afeta a ordem dos elementos de uma série. Percebemos, então, que, em um conjunto altamente organizado, a escolha é limitada, e a informação, fraca; que, em um conjunto menos organizado, a escolha ou o acaso intervêm de maneira mais importante; que, com isso, a informação, primeiro grau da liberdade de escolha, será mais elevada: haverá mais informações.

7. A entropia – O segundo princípio da termodinâmica, que se aplica à entropia de um sistema (ou medida de incerteza do arranjo dos elementos do sistema físico, grau que vai crescendo até a desordem e significa, justamente por isso, a dissolução do sistema), pode ser aplicado ao sistema que é a linguagem. Com efeito, vimos que a parte da incerteza na transmissão de uma mensagem provinda de uma fonte modifica o grau de informação dessa mensagem. Haveria, então, uma entropia crescente à espreita das informações transmitidas, no caso de elas não serem freadas pela redundância. Quanto mais informações há, mais aumenta a entropia. Portanto, em teoria da informação, a entropia mede a quantidade de informações emitidas a partir de uma fonte.

Por outro lado, tem-se certeza em um sistema no qual, a cada instante, a probabilidade de o termo da série se torna igual a 1 e, nesse caso, a entropia é nula. Essas considerações levam a promover uma entropia relativa que, entre a desordem total da incerteza e da aleatoriedade e a repetição (redundância) sem informação, mantém um grau de entropia suficiente. Aqui, é a utilidade que regula a prática. Esse modelo informacional, que privilegia, ao mesmo tempo, a formalização, a quantificação e a programática, contribuiu, assim como o modelo simples da análise estrutural, mas em um grau de respeitabilidade superior, para o destino cósmico da comunicação. Sua "figura" se difundiu nas ciências qualificadas como humanas.

Na qualidade de jogo de regras tão grosseiramente traçadas, o modelo "bola de bilhar" informa e gera grande diversidade de variações, mas, em todas as representações, ele assegura o reinado da teoria representativa. A mensagem representa o emissor junto ao receptor, por meio de intermediários localizados, que representam, eles mesmos, agentes. O processo se oferece em uma visibilidade quase total e mantém afastados os pólos ativos/passivos da comunicação. Aqui está o próprio princípio da representação, que se enriquece com a metáfora maquínica. Compreendemos, então, a grande influência da "bola de bilhar", influência precisa e estrita, em certos casos, ou a influência mais ampla, por refração ou difração, em outros.

Esse é o modelo comunicacional-representativo que está na raiz de todas as teorias clássicas da comunicação, quer se trate das antigas teorias sobre os *mass media* que ainda têm seus adeptos (até 1940), das psicoterapias com eletrochoques ou magnetismo ou da robótica psiquiátrica, da inteligência artificial de H. Simon e de seus discípulos e dos sistemas especialistas, ou ainda das teorias clássicas das organizações. Dessa forma, a metáfora maquínica revela, por meio das teorias que acabamos de evocar, seu conteúdo representacional e linear. Ela também revela, para além das experiências que suscita e que são todas úteis, elementos de argumentação do poder do homem sobre seu meio, uma filosofia do domínio. Um instrumentalismo. Armados de ferramentas conceituais, sabendo fabricar objetos técnicos a partir de uma racionalidade construtiva, é de uma espécie de otimismo da razão que se valem os teóricos e os engenheiros dos quais falamos. Os resultados são visíveis. Eles foram conquistados, não são passíveis de ser nem ignorados, nem de ser desprezados. Uma verdadeira potência da razão assoma: o *Homo faber* criador, inventor, fabricando modelos, é posto como Prometeu em face do caos do mundo que sua atividade organiza.

Para além dessa figura arquitetônica, perfila-se o paradigma da separação entre o homem e as criaturas vivas ou inanimadas. O homem se separa nitidamente de seus próximos, porque tem um poder, ligado fundamentalmente ao uso da razão, que é o de falar. Assim como os processos do *general problem solver* de H. Simon nos fixam no esquema da decisão cartesiana (coleta de informação, deliberação e escolha dicotômica), o inatismo da faculdade da linguagem não nos afasta facilmente de Descartes: a teoria clássica da língua, cujas linhas principais são traçadas por Descartes no *Discurso,* é diretamente determinante para o mecanismo de Simon e de seus colegas. Pois se Chomsky e Turing são os inspiradores diretos, os grandes ancestrais seguem sendo Descartes e La Mettrie.

II | A inteligência artificial

1. Os inspiradores: Chomsky e Turing

A) *O limite Chomsky: a gramática-máquina* – Vinculando capacidade cognitiva e competência lingüística, Chomsky se refere diretamente ao racionalismo de Descartes. Ele toma emprestado do filósofo o argumento segundo o qual homens embrutecidos, até mesmo insensatos ou incapacitados para a fala por alguma lesão do cérebro, conservam, contudo, essa faculdade inata, como se ela estivesse adormecida... senão teriam deixado de ser pessoas... Um inatismo mitigado reina aqui, pois são necessárias a aprendizagem, a experiência para que essa faculdade se desenvolva. Inatismo biológico cuja verificação é confiada à neurobiologia[5]. Essa capacidade gera composições variadas, sob a forma de línguas diversas, setores particulares de um grande todo lingüístico.

Estrutura profunda global e estruturas de superfície particulares remetem assim aos dois níveis do *hard* e do *soft*, ou a uma estocagem de regras acompanhadas de modalidades. Entre estrutura profunda e estruturas de superfície existe um desenvolvimento linear. A mensagem se

---
5. Chomsky, *Réflexions sur le langage* (Paris, Maspero, 1977).

produz sem que sejam levadas em conta situações respectivas do emissor e do receptor. Posição neutra, que isola entre parênteses tudo o que poderia afetar a interpretação da fala enunciada.

Diante disso, é possível pôr em relação o processo computacional e o da linguagem humana: no caso do computador, a faculdade (ou competência) lingüística pode ser considerada inata, visto que ela se aloja no *hard*. Quanto à interpretação, efeito semântico, é deixada ao usuário; ela é obtida pelo simples desenvolvimento das regras da linguagem artificial. Eis aí uma coisa bastante conveniente para Herbert Simon e seus colaboradores. É claramente o universo da competência que é assim designado, com menosprezo daquilo que se poderia chamar "desempenho", ou seja, as manifestações singulares, ocasionais, de sua realização. A estrutura do dizer – a língua – é preferida à imprevisibilidade do "dito", da fala em situação, que, então, passa a ser apenas uma conseqüência dedutível.

O imperativo do visível rege a máquina: as idéias claras têm esse preço. A sorte do Macintosh vem não só do fato de isso ter sido respeitado, mas também engenhosamente utilizado: aqui, o WISIWIG[6] domina a cena representativa. Cada movimento é analisado parte por parte, como peças de um jogo Meccano de encaixar. Nem Simon nem

---

6. *What I see is what I get.*

seus colegas infringiram essa lei da competência operatória para a qual só existe o que está explícito. Como seu próprio nome indica, o explícito é o desdobramento de um esquema, sua explicação. Sair da sombra, trazer para a luz significa dispor as partes uma ao lado da outra.

B) *A medicina Turing.* Para assegurar a transação – a possibilidade de uma máquina de pensar universalmente válida – é preciso primeiro, acha Turing, refutar os argumentos antimecanicistas. Os nove pontos dessa refutação podem ser considerados a bíblia da inteligência artificial. Eles estão estabelecidos no célebre artigo "Computing machinery and intelligence", de 1950[7].

Trata-se de três pessoas que não se conhecem. Um homem, uma mulher e um observador. O homem e a mulher estão cada qual em um aposento. O observador se comunica com eles por teletipo. Ele deve adivinhar em qual aposento a mulher está. Ela, por sua vez, tenta com suas respostas ajudar o observador que a interroga. O homem, ao contrário, deve embaralhar as pistas, respondendo, por exemplo, *como ele acha que uma mulher responderia*. Esse jogo de suposições mostra que o homem pode enganar o observador fazendo-se passar por mulher, com a condição de que ele saiba o suficiente sobre ela para poder imitá-la. A mulher não engana.

---

7. Em *Mind – A Quarterly Review of Psychology and Philosophy* (1950, t. XLIX, nº 236).

Ao contrário, ela tudo faz para que o observador a reconheça como mulher, mas não há certeza de que vá conseguir isso. De todo modo, o observador hesita.

Essa é a construção do jogo que pode passar por um teste de inteligência para o computador. Se a máquina chegar a imitar o pensamento humano, de tal modo que desequilibre o jogo e faça o observador hesitar, então, de certo modo, ela ganhou crédito. O *imitation game* insiste na dificuldade que temos de designar a realidade do espírito. O *imitation game* só faz evidenciar, pela introdução do cômodo fechado, esse aspecto de similitude estrutural, furtando ao olhar e aos sentidos a apreensão física do homem que brinca de ser mulher. Eis-nos armados para entender a eficácia, os limites e... as derrapagens dos adeptos de uma concepção representativa da inteligência artificial.

2. A inteligência artificialíssima de Simon e Newell[8]

Cinco postulados:

Postulado nº 1: A questão é reduzida ao *problem solving*: um ser individual, normal, a curto prazo.

Sobre o que nossos autores querem essencialmente trabalhar? Resposta: "O presente estudo está voltado para o desempenho de adultos inteligentes em nossa cultura". As tarefas discutidas são rápidas (em torno de meia hora)

---
8. Em *Human problem solving* (Englewood Cliffs, Prentice Hall, 1972).

e se concentram em problemas de natureza simbólica de dificuldade moderada.

Que tarefas? Jogo de erros, *logic theorist*, enigma cripto-aritmético. Os problemas motores ou de percepção são excluídos, assim como as variáveis pessoais. Nada também sobre o desenvolvimento, as diferenças devidas à idade. Muito pouco sobre a aprendizagem. Propósito essencial: o desempenho em tarefas curtas, nada a longo prazo. "A teoria presente vê o homem como um processador de informação [...]. Um computador é uma instância de processador de informação. Isso poderia sugerir que a frase é uma metáfora: o homem deve ter por modelo o computador digital[9]."

Forma da teoria[10]: é o termo *sufficiency* que conta: a teoria deve produzir um sistema de mecanismos *suficientes* para realizar as tarefas cognitivas pesquisadas[11]. Reencontramos aqui a noção de racionalidade limitada (*bounded rationality*), cara a Simon. Essa racionalidade limitada é a de um homem normal, individual, que age e pensa em curto prazo. Ele sabe o que quer, mas não sabe como fazê-lo. Conhece-se o propósito, mas não se conhece(m) o(s) caminho(s) para chegar lá. Eis o que descarta toda indecisão fundamental sobre nossos

---
9. Ibidem, p. 5.
10. Sobre esse tema, deve-se ler o artigo "Aux origines de l'intelligence artificielle: Logic theorist et GPS ou H. A. Simon en père fondateur" de Joana Pomian (*Quaderni*, nº 1, "Genèses de l'intelligence artificielle").
11. Cf., por exemplo, H. A. Simon, *Reason in human affairs* (Palo Alto, Stanford University Press, 1983).

futuros aleatórios, que expulsa os miasmas deletérios da nova história, da psicanálise e da antropologia. Eis o que revela de modo gritante os limites... da racionalidade limitada e a inscreve para sempre como desfaçatez ingênua (ou caricatural?) da velha racionalidade universal, ditatorial.

Observemos desde já que, se for verdade que o homem age por seleções sucessivas de meios para alcançar um objetivo previamente definido, então ele está tentando estabelecer uma relação de similitude entre a atitude do "passo a passo" e a do computador... até o ponto de fazê-las coincidir e de assegurar que o homem opera como um sistema de processos de informação (IPS = *Information Process System*).

Postulado nº 2: O humano opera como um sistema de processos de informação (IPS): isso é reconhecido como postulado que não merece ser justificado e que deve somente ser esclarecido. A questão da plausibilidade de tal postulado está descartada.

Postulado nº 3: Um sistema de processos de informação (IPS) é um sistema de signos: um IPS é um sistema que consiste em uma memória que contém estruturas de signo[12], um processador, efetuadores e receptores. Disso decorrem diversas conseqüências.

---

12. "Signo" é a única tradução conveniente para *token*. Toda a concepção de Simon se cristaliza aqui: não se trata de *símbolos* (reunificação ativa depois de um corte) no sentido grego ou no sentido da eucaristia, mas de *signos*, ou seja, de elementos que designam objetos. Concepção exclusivamente *representativa* e nada simbólica. O signo de Simon denota, o símbolo conota.

Postulado nº 4: O sistema de signos repousa sobre uma concepção exclusivamente representativa.

Uma vez conhecido o postulado nº 3, o postulado nº 4 não nos deveria causar estranheza. Se o IPS é um sistema de signos, disso decorre uma concepção representativa.

No livro de Newell e de Simon, a representação aparece a todo momento, e, de início, na relação da linguagem com o mundo. Possuiríamos uma série de associações que representariam nossos movimentos externos, poderíamos dizer *a priori*. Série de representações: a língua que representa as estruturas lingüísticas profundas que representam *a priori* o mundo.

Postulado nº 5: A representação é espacial. Nessa representação, se uma parte está realmente vinculada aos sujeitos (sua psicologia) e a suas diferenças, uma parte se mantém invariante: o próprio fato de se representar a tarefa, de enquadrá-la, de isolá-la e de *localizá-la* no *espaço* das demais tarefas. Em uma palavra, a representação desencadeia um processo constante, a espacialização, mesmo que a utilização desse processo seja diversificada pelos indivíduos singulares, levando-se em conta a importância e a especificidade da tarefa. O que chama a atenção é a *exterioridade* da representação da tarefa: eu a mantenho *diante de* mim, como uma paisagem, eu a *considero* como um objeto situado no espaço, no qual ela ocupa um certo lugar[13]. O

---

13. "Task environment is represented as a problem space", *Human problem solving*, op. cit., p. 789.

programa para se realizar essa tarefa é o resultado desse posicionamento. Em suma, a representação interna é a réplica exata do que é dado exteriormente, sob a forma de *chunks,* aos signos associados. Dualismo de Simon, muito fiel ao dualismo cartesiano: existem *ready-made structures* no espírito, prontas a se apoderar de signos já associados na realidade. Estruturas associativas do espírito que correspondem à associatividade das coisas no mundo. De tão conhecido, tudo isso já virou banal. É a antiga teoria de uma correspondência termo a termo entre as sensações vindas do meio e sua representação "interna".

Resultados indiscutíveis: os sistemas especialistas

É preciso confessar que essas simplificações, que parecem abusivas, chegaram entretanto a produzir resultados. A totalidade dos sistemas especialistas ou das máquinas de processamento de texto atualmente disponíveis no mercado se baseia nesse tipo de pensamento. Todos sabem o que é um sistema especialista: um computador cujo programa é montado a partir de enunciados especialistas de meios profissionais, da geologia ao direito, da química à medicina.

3. Os deslizes Simon – Na obra de Simon, todos os elementos que já assinalamos fazem parte do vocabulário dos defensores de uma posição utilitária da máquina, seja ela um computador ou uma frigideira. Contudo, algo semelhante a um deslocamento se produz, no qual a máquina se torna, de algum modo, aquilo por meio do qual o homem se define. Da preposição "com", que caracteriza os primeiros ensaios de Simon sobre a automação das decisões, que facilita a tarefa do tomador de decisão, passamos à preposição "por", que supõe a chegada de um novo homem-máquina ou de uma nova máquina-homem, posição bastante confusa, cheia de arrependimento e, por vezes, de audaciosas profecias. Como: "Para chegar a *ser* Proust, o computador deveria possuir um vasto conhecimento da língua francesa"[14]; ou como o "credo" que Simon nos revela em *Le nouveau management*[15]: a máquina que lê, pensa, aprende e cria (p. 4). Seus limites não são os do próprio homem? (p. 6). O computador é flexível. Além disso, o sentimento bem poderia ser levado em conta pela nova geração de computadores que pode entender tudo.

Tudo é legível.

Não há segredo algum: é perfeitamente possível trazer tudo à luz (p. 63). Freud felizmente está muito para trás de nós. É que o homem novo será indissociável da máquina. Ele não é mais o único senhor e rei do universo. A nova posição do humano está para ser definida.

---

14. Entrevista dada a Guitta Pessis Pasternak (*Le Monde*, 1º mar. 1984). Os robôs poderiam ter seu Einstein, responde-lhe em eco Feigenbaum (entrevista dada a Guitta Pessis Pasternak em *Les Nouvelles Littéraires*, de 27 de fevereiro de 1986). "A humanidade não passa de uma mecânica", parece.
15. H. A. Simon, *Le nouveau management* (Paris, Economica, 1980).

Em *La science des systèmes, science de l'artificiel*[16], Simon insiste na unidade dos sistemas naturais e artificiais (p. 11). "Se os computadores são organizados mais ou menos à imagem do homem, então o computador se torna um meio evidente para avaliar as conseqüências de muitas das hipóteses sobre o comportamento humano" (p. 38). Formiga, homem ou computador, tudo é um: eles são simples, e a aparente complexidade de seu comportamento é o reflexo adaptativo do meio em que se encontram (pp. 39ss.). Por sinal, o tipo de memória é o mesmo (pp. 52-64). E isso não deve surpreender, dado que psicologia cognitiva e lingüística transformacional chomskiana apóiam-se, tanto uma como a outra, na mesma concepção do espírito humano (p. 64). Homem e máquina são "basicamente" seqüenciais no exercício do pensamento (p. 70). As coisas são quase sempre decomponíveis em curto prazo, elas só se agregam em longo prazo (p. 121), sem que a fragilidade de nosso espírito nos permita compreender como se podem distinguir os dois. Como se a tarefa, em curto prazo a mais modesta – como o melhor modo de usar a faca e o garfo –, não fosse o fruto de uma cultura muito antiga e de uma educação que dura o que dura a vida de um homem. Os sistemas sociais também parecem ser quase decomponíveis (p. 123): assim como operações de planejamento bem-sucedidas! Outra pérola: dado que somos

---

16. Paris, Éditions de l'Épi, 1974.

seqüenciais, exatamente como a máquina, podemos seguir uma só conversa por vez! A sobreposição de lembranças e a simultaneidade de nossas atenções a objetos diferentes são escamoteadas por Simon, que denuncia a teoria platônica da aprendizagem baseada na recordação (p. 134).

Aqui, Simon é o grande responsável tanto por decisivos progressos da inteligência artificial como por sua estagnação atual em suas feições representativas. O que fazer com a linguagem comum? E com a aprendizagem? Que fazer com a invenção também? Nenhuma dessas três perguntas encontra resposta na racionalidade limitada dos passinhos justapostos. Nem Newton nem Einstein inventavam assim. Ninguém pode se surpreender quando a pergunta é reduzida a uma representação, localizada no espaço, exterior ao objeto que ela representa, racional (será que somos sempre verdadeiramente racionais, mesmo aproximativamente?) e linear. Tudo então seria transparente, visível e legível, sem opacidade alguma. Pura visão maquínica, que o homem produziu (ele é suficientemente capaz disso), mas que se refere apenas a uma mínima parte de sua atividade. Problema bem conhecido dos teóricos modernos da decisão. É verdade que o homem às vezes decide racionalmente; mas também é verdade que essa prática é rara. Há nisso mais que um pormenor: o mundo. E a porca torce o rabo diante da artificiosa intelecção de Simon, quando ela pretende se ocupar do mundo.

4. O delírio Minsky

A) *"Society of minds"* – Melhor ainda, na "sociedade pensante", as competências ou faculdades da mente (chamadas cérebro) são vistas sobretudo como agências dotadas de organização, com divisões funcionais, com subespecialidades chamadas "agentes". Cada agente tem dois estados, um estado passivo e um estado ativo; se há conflitos entre agentes, acordos aparecerão por meio de mecanismos locais, precursores do raciocínio. Cada grupo tem sua própria significação e até mesmo sua epistemologia própria. É o relacionamento dessas áreas heterogêneas que faz a grandeza da compreensão. Todos os traços da sociedade ocidental – particularmente a norte-americana – desfilam aqui: o poder disseminado entre grupos, cada qual com sua autonomia, conflitos e arranjos, nada de ponto de vista central, de hierarquias sociais, de quadros superiores e de um plano de desenvolvimento. Achamos que estamos em New Haven[17].

B) *Freud abandonado* – Outro exemplo delirante: o que diz Don Norman sobre a memória? Que ela é uma espécie de módulo de programas. Buscando uma recordação, fazendo um discurso ou uma ação (uma passa pela outra, o modelo é semiológico), eu desenvolvo uma "linha" na qual

---
17. Cidade descrita nesses mesmos termos por R. Dahl em *Qui décide?* (Paris, A. Colin, s. d.). Dahl faz dessa descrição fragmentada o modelo de uma análise sociológica conveniente a toda a sociedade norte-americana.

encontro meus "engramas", ou meu cenário dinâmico (o MOP de Schank). Desse modo, posso bifurcar para um programa vizinho, me enganando de ramificação e misturando dois programas conexos: o lapso será isso. Ao lixo com Freud. A explicação do erro é, desse modo, remetida a uma complicação na "linha", e o lapso é descrito em termos de operações de agências, como em Minsky. O lapso, simples disfunção puramente mecânica, pertence à descrição de um sistema em representação. O que liga Don Norman e seus colegas ao sistema maquínico de representar, apesar de algumas escorregadelas para entrar no campo dos cognitivistas, é exatamente a atração pelo IPS (*Information Processing System*).

III | A psiquiatria robótica

Um exemplo de sistema especialista humano: o DSM IV [18] – O nosologista sempre teve uma queda pela taxonomia, o que implica a hierarquização. É verdade que, mesmo "vazia", essa hierarquia é útil para saber em que etapa do problema está o paciente. "Fraco, estável, grave, melhora parcial ou cura completa" podem parecer categorias um pouco "impróprias", mas têm sua utilidade na conduta médica a ser mantida pelo clínico. Também podem ser hierarquizados os níveis de certeza diagnóstica, levando em conta as informações disponíveis. Podem-se, por fim, estabelecer grandes "eixos" para orientar o

---

18. *Mini-DSM IV. Critères diagnostiques* (Paris, Masson, 1997).

diagnóstico e o tratamento: problemas mentais e afecções físicas, problemas do desenvolvimento e da personalidade, síndromes clínicas, por exemplo. Um manual que recolha essas diferentes informações e as classifique, permitindo desse modo intervirem todos os parâmetros para se indicar o diagnóstico correto, é claramente apreciável. Mas – e a partir desse ponto as coisas deixam de ser tão simples – é necessário, na perspectiva de uma taxonomia geral, tentar uma reunificação dos códigos utilizados pelos psiquiatras americanos (da American Psychiatric Association) com os códigos em uso na Europa, particularmente na França. Em 1980, é publicado nos Estados Unidos o *Diagnostic and Statistical Manual of Mental Disorders III*, na seqüência do *DSM II*, que era bem próximo da classificação internacional de doenças adotada pela Organização Mundial da Saúde. Atualmente ele se chama *DSM IV*.

Há várias perguntas acerca das árvores de decisão recomendadas pelo manual, na aplicação das categorias previamente definidas.

Essas árvores são construídas com base em uma dicotomia (sim e não) relativamente às entradas axializadas e codificadas. Exemplo: de 295.10 a 295.95, escalonam-se 21 espécies de esquizofrenia, codificadas no eixo II (problema de comportamento). Cada número do código, em seguida, se divide em várias subespécies, A, B, C, D... Admitindo-se que uma exclua a outra, basta reduzir seu número a dois para chegar ao diagnóstico "correto". O sistema funciona, então, como um sistema especialista, com a única diferença de que um, o *DSM III*, é "manual", ao passo que outro (o sistema especialista) é informatizado. Menos divertido do que o método Elisa (*Enzyme-Linked ImmunoSorbent Assay*), que se tinha na conta de uma repetição irônica do discurso psicanalítico, a árvore de decisão do *DSM III-R* leva à vertigem numérica, ao dar a ilusão, quando se consegue concluir algo, de uma "verdadeira" decisão, ou seja, de uma decisão "objetiva", devidamente alcançada por meio da minuciosa exploração de todas as possibilidades. Dá-se aqui o mesmo que ocorre em todas as decisões inscritas em uma linearidade arborescente: no plano da eficácia, elas geralmente são redundantes, para não dizer inúteis: pode-se, por meio de uma longa seqüência de bifurcações "sim-não", reforçar sua primeira impressão – o paciente sofre de um problema não-especificado... na classificação da qual me valho. É a classificação que tem razão, não o diagnóstico... No plano teórico, essas classificações são chamadas justamente de "ateóricas", o que é o cúmulo, e "objetivas", o que talvez seja a pior coisa que se possa encontrar em uma decisão médica...

Contudo, o prêmio em prazer não é de se jogar fora: o médico tem em seu bolso, à mão (o *DSM III-R* é um "mini"-manual), algo com que se impor diante do monitor-especialista. E, se ele não dispuser da tela mágica, possui ao menos o procedimento, o protocolo incontornável da decisão-milagre; ele próprio é mago também.

IV | As concepções mecanicistas dos *mass media*

Como no caso da inteligência artificial, o ponto de partida de uma reflexão sobre a comunicação é sempre o esquema clássico da decisão, cartesiano, representativo. Nesse esquema fragmentado, mecânico, o emissor é todo-poderoso. É ele que aciona a bola de bilhar, a mensagem que atingirá o ouvinte, o sujeito ativo, o príncipe. O poder pretende decidir o outro, ou pelo outro, sujeito passivo, todo ouvidos e todo consentimento. Supõe-se que ele dará ouvidos ao conteúdo da mensagem e que se deixará a ele, contudo, a atribuição de julgar a realidade da autenticidade ou do encanto persuasivo da mensagem recebida. O emissor que se vire para torná-la aceitável.

1. As primeiras análises: a dominação do emissor

– Aqui o que prevalece é o modelo behaviorista de um estímulo externo e de uma resposta. Um reflexo quase condicionado à mensagem instala a idéia de uma dominação daquele que provoca a mensagem. Os ancestrais dessa teoria foram Charcot (histeria, hipnose), Le Bon (a propaganda e a psicologia das massas) e Tarde (a imitação)[19].

---

19. Tarde deu uma interpretação muito ativa da imitação, mas só foi lido no sentido *passivo*, o único que conta.

O receptor é passivo, está em estado hipnótico, diz-se, amplamente influenciado pela propaganda. A massa é plástica, maleável. Até Baudrillard, o ultracrítico da modernidade que fala da sideração... a ponto de ser por ela siderado. O esquema de uma transmissão linear da informação nos vem assim da teoria da informação de Shannon e Weaver, já exposta. Mas, como diz Thayer, "freqüentemente se esquece que Claude Shannon e Norbert Wiener outrora desmentiram especificamente que sua teoria tivesse algo a ver com o processo de comunicação humana. Esquece-se que Shannon pensava principalmente na transmissão e na aquisição de sinais eletrônicos"[20]. O behaviorismo "esqueceu" essa "nuance": Humphrey, F. H. Allport, Holt, posteriormente Hull, voluntariamente ou à própria revelia, inscrevem-se no esquema pavloviano do clique que gera uma reação, levando-nos a pensar que o destinatário está sempre sob o controle do emissor; o que Ravault chama, brilhantemente, de tese da vitimização do destinatário[21]. Mais tarde, o modelo é matizado. Entre o estímulo (E) e a resposta (R), há filtros que intervêm: a sociedade, o mundo, a cultura ou os modos de produção. Telas se insinuam entre R e E. A cibernética, com

---

20. *Cybernétique et communication humaine*, VIe Congrès International de Cybernétique, Namur (Bélgica), set. 1970.
21. Sobre todos esses atores e autores mais críticos, cf. a excelente tese de Ravault, *Some possible economic dysfunctions of the Anglo-American practice of international communications* (Ann Arbor, University Microfilms International, 1980).

a noção de *feedback*, complica o modelo. A cada mudança de direção, aquele que recebe se torna um emissor. É sempre esse emissor que importa. Penso aqui nos modelos de Lasswell ou de Schramm. Lasswell e seu modelo dos cinco Ws, que ele ao mesmo tempo denuncia e do qual é prisioneiro, ilustram a sentença: *who says what to whom through which channel with what effect* (quem diz o que a quem por meio de qual canal com que efeito). Ora, essas perguntas valem tanto no sentido emissor/receptor como no sentido do receptor visto como emissor para outros receptores[22]. O modelo de Schramm é próximo desse: é sempre o emissor, situado ou não por um momento no lugar de receptor, que é tomado em consideração e realmente trabalhado[23].

Quer se trate ainda de teóricos marxistas, como H. Shiller, que denunciam o imperialismo das mídias, ou de obras de sucesso como *La persuasion cachée*, de Vance Packard, todos se ocupam sempre do controle exercido pelo emissor sobre a população. Como diz Lasswell, as funções do emissor são essenciais. Vigilância, sintonização do que o emissor envia com o que o receptor pensa, transmissão da herança social às novas gerações. Não se poderia ser mais

---

22. H. C. Lasswell, "The structure and function of communication in society", em *The communication of ideas*, coletânea organizada por Lyman Bryson (Nova York, Harper & Brothers, 1948), p. 37.
23. Schramm, *Men, messages and media: a look at human communication* (Nova York, Harper & Row, 1973); Schramm, "The nature of communication between humans", em Schramm (org.), *The process and effects of mass communication* (Urbana, University of Illinois Press, 1971).

claro. E o Lazarsfeld da primeira geração não pensava diferente disso enquanto buscava os efeitos dos *mass media* sobre seu público, sem jamais encontrá-los. É justamente o "representar" que é convocado como suporte desse modelo. Separação do representante e do representado em emissor e receptor, separação dos sujeitos emissor e receptor do objeto mensagem, realidade de dois sujeitos e realidade objetiva da mensagem: o todo é formalizável, matematicamente, inclusive a circularidade cibernética, enquanto o ruído é visto como externo, perturbando a recepção.

2. Aqui, o emissor perde o poder: o papel dos intermediários – Aqui, o emissor perde seu poder, mas não o perde todo. Como acontece com as teorias da informação, levar em conta intermediários-filtros vai complicar o esquema. A entrada em cena dos mediadores é diferentemente tratada por autores como Westley e Mac Lean, Katz e Lazarsfeld. No modelo de Westley e Mac Lean, a mensagem que o mensageiro C transmite a B, o receptor, representa a seleção de duas mensagens simultâneas, a que vem de A, o emissor, seleções de C, abstrações provindas dos objetos da orientação (de X1 para X-) e abstrações de Xs no próprio campo sensorial de C, o mensageiro. O fato de o intermediário servir como agente do destinatário constitui um importante deslocamento da problemática inicial, que concedia um peso exclusivo ao emissor.

Mas Westley e Mac Lean param a meio caminho. A codificação é descrita por eles como sendo o processo pelo qual A e C transformam o objeto inicial: com isso, eles atribuem um poder de transformação ao emissor, sem reconhecer o mesmo poder ao destinatário. Pois descrevem a codificação como "o processo pelo qual o destinatário B interioriza a mensagem". Aqui, simples interiorização, sem criação. Só o emissor é criativo.

"*Two-step flow communication*" – As mídias não influenciam o público diretamente (*one-step flow*), mas por meio de grupos ou de líderes que retomam ou não a mensagem das mídias. Os líderes de opinião são, de fato, muito parecidos com aqueles que eles influenciam. Há um fluxo de influência das mídias sobre os líderes e dos líderes sobre a opinião pública. Posto desse modo, evidentemente o problema permanece o de uma origem demarcada da informação, que pertence sempre ao emissor, mesmo que ele seja duplo. Mas, como veremos na evolução atual de Katz, deslocar assim a questão não é algo inocente. Porque, de tanto insistir nos símbolos partilhados pelos líderes e por aqueles que os escutam, passaram a ser desenvolvidas análises cada vez mais finas da sociopsicologia do destinatário. O importante aqui é simplesmente notar o *two-step flow* como uma etapa, como uma fissura no antigo sistema funcionalista, informativo, representativo da sociologia americana. Nesses modelos, as coisas permanecem definidas: estímulos, efeitos, mesmo que por vezes haja interação entre os dois, quando as análises se tornam mais adequadas. Mas a mensagem é real, objetiva, os atores permanecem separados. A representação ainda reina.

V | A comunicação representativa na ciência clássica das organizações

A obra de March e Simon, *Les organisations* (Dunod, 1969), vai ao ponto na questão dos usos da comunicação nas empresas e na questão das teorias das organizações mais clássicas (até mais ou menos os anos 1960). Mas também, e às vezes sem querer, March e Simon nos dizem muito mais sobre sua própria concepção da comunicação nas organizações. A comunicação se inscreve, para esses autores, em um capítulo 6, intitulado "Limitação no conhecimento dos processos racionais". Capítulo decisivo, se é que há algum, dado que contém a afirmativa e a justificativa da famosa *bounded rationality* de Simon, da qual já se disse que ocultava a sempiterna racionalidade universal[24].

A comunicação se torna, então, um dos elementos constitutivos da racionalidade limitada. Ela tem lugar na

---
24. Cf. L. Sfez, *Critique de la décision* (Paris, Presses de la Fondation Nationale des Sciences Politiques, 4. ed., 1992), e *Critique de la communication* (Paris, Seuil, 3. ed., 1992).

análise depois da descrição dos programas e das estratégias, da identificação organizacional e da divisão do trabalho. É particularmente no quadro de uma divisão interna do trabalho que as "comunicações" são consideradas.

> É extremamente difícil comunicar a propósito de objetos intangíveis que não são normatizados. Os aspectos menos estruturados das tarefas da organização fazem gravar sobre o sistema de comunicação os fardos mais pesados, e isso particularmente no que se refere às atividades que têm por objeto explicar problemas que ainda não foram bem definidos (p. 161).

Os autores passam, então, ao exemplo do óleo do motor de um carro, que pode estar ou "no nível" ou "muito baixo".

No primeiro caso, o motorista não faz nada; no segundo, "um programa é acionado para resolver o problema (levar o carro para trocar ou completar o óleo)". Comentário esclarecedor. Esse exemplo ilustra também o modo como se pode simplificar a comunicação, substituindo normas que levam a resultados satisfatórios por critérios de otimização (p. 160).

Não se poderia rebaixar tanto a comunicação ao plano da informação no sentido quase-matemático ou cibernético do termo. A comunicação informativa é o que permite a auto-regulação das instituições. Nivelamento redutor em decisão por sim/não. Se entendemos bem, a comunicação surge aqui para permitir respostas-padrão. Eis-nos em plena "comunicação artificial" análoga à inteligência artificial do próprio Simon. Eis-nos também longe de uma concepção aleatória da decisão, da inteligência e da comunicação. O que não é normatizado é incontrolável. Tremendamente lamentável!

Mas, se precisarmos, podemos nos tranqüilizar: a concepção de comunicação de Simon coincide exatamente com sua concepção da decisão (preparação-decisão-execução) e de sua artificiosa inteligência. Nos três casos, as simplificações são abusivas e, às vezes, operatórias: trate-se dos *local problem solving* que estão no núcleo dos sistemas especialistas, de sua racionalidade limitada que, com efeito, encarna estatisticamente as escolhas mais prováveis nas organizações, ou de sua comunicação artificial, que não foi feita para nos permitir comunicar, nem para seduzir, mas que se faz presente simplesmente para decidir sim ou não, em uma situação precisa, pré-programada.

Qual é o preço a pagar por essa operatividade de uma comunicação muito representacional com sua trilogia emissor-canal-receptor que remete tão bem à trilogia da decisão: preparação-decisão-execução? O preço é alto: o de uma relativa cegueira na observação de nossas sociedades complexas e aleatórias.

Conclusão

Representação, primeira definição da comunicação

Aqui, a comunicação é a mensagem que um sujeito emissor envia a um sujeito receptor por meio de um canal. O conjunto é uma máquina cartesiana concebida a partir do modelo da bola de bilhar, cuja marcha e cujo impacto sobre o receptor são sempre calculáveis. Causalidade linear. Sujeito e objeto permanecem separados e bem reais. A realidade é objetiva e universal, externa ao sujeito que a representa. A representação e suas características constituem o próprio fundamento da ação e da percepção. Posição dualista, valorizada por Descartes, digam o que disserem dela os adeptos de uma inteligência muito artificial. E não será seu menor paradoxo descartar o dualismo cartesiano, usando em regime pleno o esquema de Descartes, representativo, que estabelece a relação entre duas substâncias diferentes, corpo e espírito, sujeito e objeto, o homem e o mundo. A representação é a única maneira de garantir a realidade do sujeito e a realidade da natureza. A representação garante sua coincidência.

A comunicação expressiva   II

Paralelamente à concepção da comunicação representativa, existe, e desde muito tempo, outra concepção da comunicação, a comunicação expressiva. Aqui, nada de emissor, canal e receptor, nada de bola de bilhar, causa e efeito, com sucessões e hierarquias compartimentadas, signos que representam.

Ao contrário, aqui tudo está classificado já de início. O efeito está na causa. Hierarquias talvez, mas misturadas umas às outras, se bem que não se saiba mais distinguir o que é base e o que é ápice. Sujeito e objeto estão ligados, mas por níveis. A metáfora do organismo impera. Ela toma o nome de *Creatura*, tão caro a Gregory Bateson (I), que nos introduzirá às idéias da chamada Escola de Palo Alto (II), à auto-organização (III), ao conexionismo ou versão expressiva da inteligência artificial (IV), aos *mass media* expressivos e às concepções organísmicas da ciência nova das organizações (VI).

I | O *Creatura*

"Bateson irriga seu território com um Rubicão ontológico. Em uma das duas margens, o *Pleroma*, o mundo dos átomos e das bolas de bilhar. Na outra, o *Creatura*, o mundo da organização viva e da evolução que, por sua própria natureza, são comunicacionais[1]." É o *Creatura* que interessa a Bateson, porque ele é que é comunicacional. O *Creatura* não nasce do nada, *ex nihilo*. Seu referente? Não mais Descartes e a máquina representativa, mas um jovem lobo inquietante, um dissidente: Espinosa.

A dissidência Espinosa – Aqui, a representação falha em sua tarefa de transmitir o movimento das causas aos efeitos. Para Espinosa, causas e efeitos não estão separados por uma sucessão de delegações, porque os "efeitos" da necessidade de Deus não são inferiores, em suas manifestações, à causa que os produziu. A causa é imanente aos signos, ela lhes é interior. Dessa forma, as idéias exprimem a natureza e não a representam. O mundo intelectual é aquele pelo qual nos comunicamos entre nós, por pouco que saibamos que nossas idéias têm em comum o pertencer a Deus (ou à Natureza), não como partes separadas e

---
1. Gilles Coutlee, *La métaphore de la cybernétique chez Bateson* (colóquio de Cerisy sobre E. Morin, jun. 1986); para uma visão geral, ler Judith Schlanger, *Les métaphores de l'organisme* (Paris, Vrin, 1971).

mutiladas de seu Ser-Natureza, mas como expressão total de sua totalidade. Ora, sem jamais fazer referência explícita à filosofia de Espinosa, é exatamente sobre os princípios da expressão, por oposição aos da representação, que os teóricos da comunicação orgânica se apoiarão. Verdadeira mudança de regime.

– A começar por uma mudança de *regime sensorial*: com a representação, estávamos no registro do visível. A imagem ocupa o primeiro lugar, e a máquina é concebida de acordo com o icônico. Com a expressão, eis-nos no lado do audível: não pode haver aqui expressão audiovisual da auto-referência, daquilo que se cobre a si mesmo. A visibilidade não depende da imagem formada que percebemos, mas do simples choque da onda luminosa, abstraída de toda forma definida. Percebo *minha* voz sem recorrer a um instrumento para captá-la. O que não posso fazer com o olhar. Só posso me ver com o auxílio de um objeto refletor: espelho, água contra um fundo, reflexo... A diferença não é pequena, porque a audição instaura uma ligação com o tempo que é da ordem da simultaneidade e não da seqüência. Passagem da imagem clara e distinta para a da escuta variável.

– O tempo se *encerra em si*. Torna-se circular. Não há mais desenvolvimento linear. Nada de começo (a tacada na bola de bilhar) nem de fim (a recepção no lado externo). De fato, o organismo, essa totalidade centrada sobre si mesma, não pode ser instrumentalizado para fins externos.

— Aqui, o querer é idêntico ao poder. No lugar de um sujeito que pode porque quer, temos um organismo que parece querer simplesmente porque *pode*. Em lugar do *impetus* cartesiano, o *conatus* espinosista. Se há sujeito, trata-se de um elemento que traduz o todo, dobrado para dentro da estrutura orgânica total. Ele participa do todo e se comunica com o todo, com a condição de bem se situar nesse todo, de enunciar o que pode favorecer os bons encontros, evitando os maus, tudo isso por um amor intelectual a Deus.

— O que a parte tem de comum com o todo é aquilo por meio do qual ela *comunica*[2]. Há uma analogia de estrutura entre seu próprio organismo e o grande animal que é o cosmos. De onde a adequação de nossas idéias não a um objeto setorial, mas às ligações e às composições pelas quais entramos em contato com outros indivíduos e com o corpo do mundo: "A ordem e a conexão (*ordo et connexio*) das idéias são as mesmas que a ordem e a conexão das coisas"[3].

— Posto assim, é toda a reflexão organicista que se instala: a "realidade" que a representação põe diante do homem como um objeto é aqui "construída" na relação interna das idéias entre si (conexão). Auscultemos o organismo. Ele dará o mundo, a "realidade da realidade", assim como a "complexidade" e a "auto-referência". Aqui, a realidade exterior ao sujeito desapareceu, porque ele foi substituído por um

---
2. *Ética* II, prop. 38.
3. Ibidem, prop. 7.

indivíduo capaz de favorecer seus bons encontros com o mundo. Essa visão auto-referente da realidade tem, nos dois planos da prática e da teoria da comunicação, conseqüências não negligenciáveis. Indiquemos as principais, às quais voltaremos em seguida, com mais pormenores.

1. Da linha ao círculo – Por enquanto, mantenhamos Bateson como guia no universo complexo de uma comunicação orgânica. Várias noções são essenciais para entrar em *Creatura*: monismo, circularidade, interação.

A) *O monismo* – Assistimos a um ataque em regra contra o dualismo atribuído a Platão, às dicotomias corpo/espírito, substância/forma. De muito bom grado, o autor opõe ao dualismo "a unidade sagrada da biosfera"[4]. E como ele a desmonta? Ele trata da estrutura que reúne ou da estrutura das estruturas. O pensamento humano é história, faz parte de uma história. O que é pertinente em um pensamento é o que se reporta à própria história. Assim como o que é pertinente na natureza. Em que consiste uma história que reúne seus elementos constitutivos? Consiste em seu contexto, que é estrutura no tempo[5]. Estabelecer a estrutura que reúne quer dizer que toda comunicação necessita de um contexto, que, sem contexto, não há sentido e que os contextos

---
4. Espinosa, *La nature et la pensée* (Paris, Seuil, 1984), p. 28.
5. Idem, ibidem, pp. 23ss.

não têm sentido porque eles mesmos já se inserem em uma classificação de contextos, formando novos contextos. E a formação por contexto aparece, enfim, por aquilo que ela é: uma gramática. Nova gramática da comunicação, sem relação com a antiga, analítica, substancialista, que divide. "Permaneço fiel à hipótese de que nossa perda do sentido da unidade foi simplesmente um erro epistemológico[6]."

B) *A circularidade* – A circularidade dos elementos e a diferenciação dos níveis, em uma palavra, a complexidade, são retomadas a partir da visão ecossistêmica e cibernética, mas com insistência no desenvolvimento das sociedades e das pessoas, pois o que interessa a Bateson e a seus amigos é a mudança, sua descrição exata e os caminhos para sua criação voluntária. Com a noção de circularidade, renuncia-se ao modelo energético, que sempre tende à entropia. Ponto energicamente afirmado a todo instante pelos defensores da escola. "Há geralmente a tendência, na prosa explicativa, de invocar quantidades de tensão de energia – que saberei eu disso – para explicar a gênese de uma estrutura. Estou convicto de que tais explicações são inadequadas ou errôneas: do ponto de vista do agente que produz uma mudança quantitativa, toda mudança de estrutura que pode se produzir será um acontecimento imprevisível, que não se

---
6. Idem, ibidem, p. 27.

situa em seu prolongamento[7]." Está claramente posto o que está em jogo: continuidade reprodutiva ou descontinuidade aleatória.

A mudança, ou diferença, é uma mudança de nível de informação, um reenquadramento, quer dizer, a criação de um contexto. A realidade não é uma, mas duas, três, se não mais. A realidade da realidade, como diz Watzlawick no título de um livro seu[8]. É pelo analógico que se constitui o contexto e é por ele que se chega à criação de um novo contexto.

C) *A interação* – Posta desse modo, a noção de circularidade leva à de interação generalizada do observado e do observador. A interação se torna, ela mesma, sistema. Todos os temas habituais do sistemismo em sua metáfora orgânica são aqui retomados: subsistemas, meios, comunicações verticais e horizontais entre os elementos, totalidade, não-somatividade, exclusão de relações unilaterais entre os elementos, retroação, eqüifinalidade, homeostasia etc.[9]

Mas uma certa originalidade já desponta em Bateson: a interação se define por uma troca entre subsistemas, troca de informações caracterizadas por uma diferença. A informação é uma diferença produzida pela diferença. Neste ponto, é preciso compreender bem a diferença entre o siste-

---
7. Idem, ibidem, p. 61.
8. Watzlawick, *La réalité de la réalité* (Paris, Seuil, 1978).
9. Cf. Watzlawick et alii, *Une logique de la communication* (Paris, Seuil, 1979), pp. 118ss.

mismo clássico e Bateson: o sistema interativo dos clássicos é visto como procedimento de descrição. A interação em Bateson é vista como processo de mudança a construir. Palo Alto é voluntarista. Não se trata mais de descrever, mas de agir. Aliás, sabemos – mais um traço de circularidade – que a descrição não é neutra nem inocente, mas que ela produz sempre uma diferença, que ela mesma é ação.

2. A ruptura de Von Foerster

Em sua "Note pour une épistémologie des objets vivants"*, Von Foerster nos entrega as chaves de seu sistema. Duas definições da comunicação nos colhem nas entradas múltiplas de sua fortaleza. "A comunicação é a interpretação, feita por um observador, da interação de dois organismos 1, 2." E mais: "A comunicação é uma representação (interna) de uma relação entre si (uma representação interna de si) e um outro", pois "nada é (nem pode ser) comunicado", dado que tudo depende apenas do observador e que "a atividade nervosa de um organismo não pode ser partilhada por outro organismo". Paradoxo insustentável e, não obstante, sobre o qual fundamos nossas ações: é, ao mesmo tempo, necessário comunicar para entender os organismos vivos, suas interações, e para agir sobre eles, e é impossível comunicar, visto que tudo depende

---

* H. von Foerster, "Note pour une épistémologie des objets vivants", em E. Morin, M. Piattelli-Palmarini, *L'unité de l'homme* (Paris, Seuil, 1974), pp. 401-7. (N. de T.)

de nossa subjetividade. Subsiste uma tênue linha de divisão: a linguagem conotativa imagética, aproximativa, analógica, pela qual escapamos ao solipsismo, criando entre nós, observadores, uma comunidade de observações.

Estamos, pois, reduzidos, a fazer a experiência do *knowledge knowing*[10], uma ciência à segunda potência, que consiste em conhecer nosso processo de conhecimento – processo que se desenvolve na intimidade de nosso pensamento e que só consegue validar... o próprio processo.

Face a face incontornável, como em um espelho. É preciso que haja, ao menos, dois observadores para que o observado possa ser um observador. E esse processo pode ser repetido indefinidamente. Essa é a lei da realidade generalizada[11]. Estamos em uma realidade de segunda ordem, assim como em uma cibernética de segunda ordem, ela própria reinterpretada. "Realidade da realidade", fórmula de Von Foerster que veio a alcançar muito sucesso depois[12].

Nessa trilha, Von Foerster enuncia a fórmula *Cognition-Computation*[13]. Conhecer é, então, "computar o

---

10. Sobre esse ponto, cf. especialmente Von Glasersfeld, "Reconstructing the concept of knowledge", *Archives de Psychologie* (1985, nº 53), p. 91.
11. H. von Foerster, "On self organizing systems and their environments", em M. C. Yovits & S. Cameron (orgs.), *Self organizing systems* (Londres, Pergamon Press, 1960), p. 37.
12. Cf. Watzlawick, *La réalité de la réalité* (Paris, Seuil, 1984), e toda a Escola de Palo Alto.
13. Cf. "On constructing a reality", em W. Preiser (org.), *Environmental design and research* (Stroudsburg, Dowden, Hutchinson e Ross, 1973), t. II, pp. 35-46.

computar", se entendo pelo neologismo *computar* não apenas calcular, mas todo o processo de inferência lógica. Onde se vê, de início, a diferença entre *computação* para os teóricos do "dentro" e *computação* entre os mecanicistas. Von Foerster entende computação no sentido de *putare*, pensar com, contemplar ou meditar. Essa acepção inclui e ultrapassa o mecanismo do passo-a-passo, tão caro a Simon. O conhecer não é analisável por partes. Conhecer repousa sobre uma recorrência incessante do pensamento ao pensamento por meio da qual se define... o conhecer.

3. Quadro da metáfora organística

A) A realidade objetiva não é mais encarada como um objeto. Ela cede diante de uma realidade classificada como de segunda ordem e construída relativamente a nossas posições. O observador tem uma influência determinante sobre aquilo que pretende observar. Princípio de relatividade para nosso conhecimento.

B) Mas, mesmo assim, a subjetividade não é a última palavra. Senão, entraríamos em solipsismo. Subjetividade sim, mas relativa. O observador não é solitário, à medida que se conhece como observador, assim como todos os outros observadores. Ele se sabe observado, tanto quanto ele mesmo observa. Podemos chamar essa posição de "intersubjetiva", ou de "subjetividade associada". Na verdade, é a relação entre observadores que é objetivante. O objeto se constrói em redes de observações conectadas, verificadas pela ação.

C) A realidade da segunda ordem inclui seu próprio "deslocado": o fechamento interno de um sistema relativizado não é um círculo fechado, uma seqüência sem fim. À medida que se fazem observações, a realidade se transforma em outra. O processo jamais se conclui, mesmo sendo de fechamento.

D) Com efeito, um sistema organizado, como o são as máquinas organizadas ou os sistemas vivos, é um sistema que evolui, porque é complexo, isto é, circular e hierárquico por níveis interconectados. Essa evolução, que depende de certa organização interna, define o que se chama de "auto-organização". A auto-organização, note-se, remete à não-realidade externa, visto que não é de fora que recebemos informações, mas de dentro, pois a troca entre diversos níveis produz a comunicação.

Esses vários pontos, resumidamente apresentados, são o espólio comum de certo número de teóricos (epistemólogos, biólogos, físicos, neurobiologistas), que o exploram, cada um a sua maneira.

II A chamada Escola de Palo Alto

Inspirada em Bateson e em Von Foerster, a Escola de Palo Alto se situa, incontestavelmente, na metáfora do organismo, na filosofia da expressão.

Constatação banal, mas esquecida, de que estamos *no* mundo, parte integrante do sistema que nos constitui, tanto quanto o constituímos. Se assim é, devemos renunciar a situar objetos distintos diante de nós, na pretensão de poder compreendê-los, explicá-los, penetrá-los. Devemos nos perguntar, sobretudo, como chegamos à ilusão de vê-los como objetos e, paralelamente, nos questionar sobre a maneira com que os produzimos, quando somos partes deles... Em outros termos, o ambiente, ao qual atribuímos a propriedade exclusiva de estar fora de nós, está, de fato, no interior. Essas máquinas, essas teorias, essas comunicações, esses "Outros", somos nós que os levamos, eles fazem parte de nós. Não comunicamos átomos separados a átomos separados, por um canal isolado, mas por partes iguais ao todo, sendo ele mesmo igual às partes. Inclusão recíproca. O "germe" se substitui ao programa em extensão. O representar cede lugar ao exprimir.

O efeito, que, por um movimento de retorno, afeta a causa, não lhe é inferior. Nada de degradação nem de perda no movimento, como era o caso da bola de bilhar e das máquinas. O organismo se constrói em espiral. O organismo cresce, esse é um aspecto de sua organização, que alguns chamarão de "autoprodução".

De setor do conhecimento, a comunicação passa à posição de continente geral. Tudo é comunicação. Não se pode escapar a ela. Toda atividade, científica ou comum, situa-se no interior de um invólucro que se chama comunicação. A comunicação fornece as regras de apreensão de tudo no mundo. Pois a ciência, a arte ou as práticas cotidianas não são mais que setores contidos no continente comunicação. A comunicação vai refletir todo o jogo do saber e das atividades. Suas regras serão universais. Nesse sentido, ela reina.

1. Do indivíduo à orquestra – "O modelo da comunicação não se funda sobre a imagem do telefone ou do pingue-pongue – um emissor envia uma mensagem a um receptor, que se torna, por sua vez, um emissor –, e sim sobre a metáfora da orquestra [...]. Mas, nessa vasta orquestra cultural, não há nem maestro, nem partitura. Cada um toca entrando em acordo com o outro[14]."

A) *O famoso* double bind – Podemos dar aqui o exemplo do famoso *double bind*, ou dupla exigência. Em um contexto no qual duas ou mais pessoas estabelecem uma relação intensa, uma mensagem é emitida, estruturada de maneira tal a afirmar algo, afirmando também algo sobre sua própria afirmação. Ora, essas duas afirmações se excluem. "Se a mensagem é uma determinação, é preciso desobedecer a ela para poder lhe obedecer. O sentido da mensagem é por-

---
14. Yves Winkin (org.), *La nouvelle communication* (Paris, Seuil, 1981); cf. ainda, idem, *Anthropologie de la communication* (Paris, De Boeck, 1996).

tanto indecidível[15]." Não se pode não reagir a essa mensagem. Não se pode não reagir aqui. E mais: é proibido manifestar a existência de contradição. "Um indivíduo, tomado em uma situação de dupla exigência, arrisca-se a ser punido (ou ao menos a se sentir culpado) quando percebe corretamente as coisas e a ser chamado de 'mau' ou 'louco' por ter ao menos insinuado que talvez haja uma discordância entre o que ele vê e o que deveria ver[16]."

Dessa forma, pode-se pensar que o *double bind* parece pertencer ao campo da terapia familiar, onde o fenômeno é observado.

B) *A antropologia* – Mas o *double bind* também se vincula a estruturas sociais mais amplas, onde foi percebido por Bateson nas sociedades de exigências simétricas ou de exigências complementares.

Em 1935, Bateson reportou uma interação observada na Nova Guiné, na tribo dos Iatmuls[17]. Ele classificou o fenômeno como "cismogênese"*. Tome-se, por exemplo, um dos

---

15. Watzlawick et alii, *Une logique de la communication* (Paris, Seuil, 1979), p. 213.
16. Idem, ibidem, p. 213.
17. Gregory Bateson, "Culture contact and schismogenesis", *Man*, 35, 1935, p. 78; ele descreveu com mais pormenores o mesmo fenômeno em seu livro *La cérémonie du Naven* (Paris, Éditions de Minuit, 1971); cf. também, do mesmo autor, *Vers une écologie de l'esprit* (Paris, Seuil, 1977), t. I, pp. 83ss.
* Cismogênese (*schismogenesis*) significa literalmente "criação de divisão/de separação". O termo deriva do latim eclesiástico *schisma, àtis*, adaptação do grego *skhísma*, "separação, divisão", derivado do verbo grego *skhízó*, "separar, dividir, fender". (N. de T.)

modelos de comportamento culturalmente apropriado ao indivíduo A, considerado como um modelo autoritário. B pode responder a ele por meio da submissão. A se tornará cada vez mais autoritário, e B, cada vez mais submisso. Primeiro tipo de mudança, chamado por Bateson de complementar, e que o opõe a um segundo tipo, que ele chama de simétrico: se a presunção constitui o modelo de um grupo e o outro lhe responde com presunção também, a competição logo chegará a extremos. Era o que ocorria com tribos cabilas analisadas por Bourdieu que se arruinavam de tanto dar presentes cada vez mais suntuosos uma à outra[18]. A teoria do *double bind* se vê afetada por isso: de um lado, o *double bind* é de fato tomado em um sistema de conjunto e não pode ser isolado dele; de outro, seu alcance será diferente segundo a relação seja simétrica ou complementar[19]. O *double bind* nos levou, portanto, à antropologia, mas não nos demoraremos nela.

C) *A lógica das classes* – As classes lógicas permitem regular a contradição do *double bind*: há muitas mensagens que aparentemente se anulam, quando, na realidade, não podem se anular, porque tanto uma como outra decorrem de classes lógicas diferentes. Ou, até mesmo, deri-

---

18. Pierre Bourdieu, *Esquisse d'une théorie de la pratique, précédé de trois études d'ethnologie kabyle* (Genebra, Droz, 1972).
19. Watzlawick fez a aplicação do *double bind* à psiquiatria em "An anthology of human communication", em *Text and tape, science and behavior books* (Palo Alto, s. e.), pp. 7ss., 143ss.

vam as duas da mesma classe e, nesse caso, se anulam e nos levam a tomar consciência do não-sentido. Um axioma essencial da teoria dos tipos lógicos é que o que compreende todos os membros de uma coleção não pode ser um membro dela, segundo Whitehead e Russell[20]. Desse modo, a economia de uma cidade de 4 milhões de habitantes não pode ser reduzida à economia de um indivíduo multiplicada por 4 milhões. O indivíduo é membro de uma classe, mas a multiplicação dos indivíduos não tem como resultado a classe. Infelizmente, na linguagem natural, é difícil diferenciar nitidamente membro e classe.

D) *Terapia* – O método consiste em pedir ao paciente que se comporte como costuma se comportar, o que equivale ao paradoxo "seja espontâneo". "Se se pede a alguém que adapte um certo tipo de comportamento, até então considerado espontâneo, ele não pode mais ser espontâneo, porque o fato de se exigir isso torna sua espontaneidade impossível[21]." Imediatamente, a determinação paradoxal impõe ao paciente uma modificação de seu comportamento. O paciente é então obrigado a sair do próprio jogo, a começar a dominá-lo.

---

20. B. Russell e A. N. Whitehead, *Principia mathematica* (Cambridge, Cambridge University Press, 1910, 2. ed.), t. I, p. 37.
21. Watzlawick et alii, *Logique...*, op. cit., p. 241.

2. Da teoria à experiência

A) *O tempo da pesquisa-ação* – A pesquisa-ação é eficiente. Seu tempo é diferente do tempo da pesquisa clássica. O ato terapêutico é breve. Ele se refere a um momento preciso, a uma situação dada. Ele não se refere a causas longínquas (chega das intermináveis análises freudianas!). Ele é relativo ao contexto atual. Se o presente é parcialmente condicionado pelo passado, a investigação das causas passadas é temerária – sobretudo porque se sabe bem que o que "A diz a B de seu passado está estreitamente ligado à relação atualmente em curso entre A e B e determinado por ela"[22]. Convém, pois, estudar diretamente a comunicação de um indivíduo com seu meio.

As causas são pouco importantes; os efeitos, fundamentais. O sintoma é fruto da interação contextual, mais que o resultado de supostas forças intrapsíquicas. Compreende-se, então, que a terapia seja mais breve que a psicanálise clássica, que sua brevidade possa até mesmo ser recomendada sistematicamente, em alguns casos. Mais tarde, veremos o uso que dela farão Ehrard e Shaw e a incrível aceleração da *quick therapy*.

B) *As metáforas de* will *e do* self – A insistência recai, em todos os casos e em todas as disciplinas de Palo Alto, sobre

---
22. Idem, ibidem, p. 40.

a mudança imediata. Pragmatismo, porque é a ação possível buscada por um indivíduo determinado, em situação, a quem se devolvem suas capacidades inventivas e sua vontade. Essa mudança só funciona por descontinuidade: ela é súbita, inesperada, ilógica, não-dedutiva, como todas as grandes visões voluntárias, aquelas que criam novos contextos[23].

Tudo isso é completamente diferente do sistema clássico, até mesmo em sua metáfora orgânica essencialmente descritiva, que não pensava na ação, menos ainda no sujeito agente, nos atores de mudança. Esse *will* e esse *self* pairam no horizonte como conceitos a estabelecer. Watzlawick, em seu livro humorístico, faz constantes referências a isso. Hoje, sua prescrição de sintomas pode ser intitulada "faça você mesmo sua desgraça"[24]. Em outros termos, se viver na desgraça está ao alcance de qualquer um, podemos incrementar o desempenho usando receitas testadas.

Quanto a Bateson, sua última palavra é muito política, de acordo com o testemunho de seu *memorandum* à direção da Universidade da Califórnia[25]. "O que é uma perspectiva mais vasta? Uma perspectiva a propósito de perspectivas. A questão que se põe é, então, a seguinte: em nossa qualidade de membros do conselho, encorajaremos tudo o que venha a contribuir para fazer nascer nos estudantes,

---

23. Idem, ibidem, prefácio, p. 7.
24. P. Watzlawick, *Faites vous-même votre malheur* (Paris, Seuil, 1984).
25. Publicado em anexo em *La nature et la pensée*, op. cit.

seja na faculdade ou na própria mesa de nosso conselho, perspectivas mais vastas que devolverão a nosso sistema a sincronia ou a harmonia apropriadas entre o rigor e a imaginação[26]?" Aqui se vê que o ecossistemismo foi elevado ao quadrado como moral profética. Mas os efeitos de Palo Alto não são exclusivamente morais.

Podemos mencionar, mas não desenvolver, por falta de espaço aqui*, efeitos de ondas concêntricas cada vez maiores, desde a doença mental, passando pelas relações culturais, os efeitos sociopolíticos, para chegar aos efeitos em ciência humana. Remetemos aqui a duas obras, uma de Bateson e Ruesch, intitulada *Communication et société*[27], a outra constituída das atas do Colóquio de Cerisy, organizado por Yves Winkin, intitulada *Bateson: premier état d'un héritage*[28].

III | Auto-organização: fechamento e soluções

Como vimos, Von Foerster já insistia no fato de que o emissor e o receptor da informação pertencem, ambos, ao mes-

---

26. *Memorandum* à direção da Universidade da Califórnia, anexo a *La nature et la pensée*, op. cit., p. 213.
* Sobre esse ponto, cf. *Critique de la communication* (Paris, Seuil, 2. ed., 1990). (N. de T.)
27. Seuil, 1988.
28. Seuil, 1988.

mo sistema. Aqui se dá, centralmente, a convergência de Von Foerster, Maturana e Varela[29].

Examinemos as afirmações de Maturana e de Varela. Nossos autores anunciam três postulados.

1. Três postulados

Postulado nº 1 – O mundo tem uma realidade objetiva, independente de nós como observadores. Este postulado, confirmado pela experiência, permanece não-demonstrado.

Postulado nº 2 – Conhecemos com a ajuda de nossos órgãos sensoriais, por um processo de projeção da realidade exterior objetiva sobre nosso sistema nervoso.

Essa tese, repetida pelos especialistas – com Changeux à frente –, é certamente útil para os experimentadores que mostram que algumas células nervosas desempenham o papel de filtros, operadores perceptivos no interior do sistema nervoso.

Tais operadores podem apenas indicar que algumas operações de projeção podem ser efetuadas. Mas daí não cabe deduzir nenhum traço objetivo do mundo externo. Em termos claros, a cor não existe no mundo "objetivo".

---

29. H. R. Maturana e F. Varela, "Autopoiesis and cognition: the realization of living", *Boston Studies in the Philosophy of Science* (Dordrecht, Reidel, 1980), t. XLII.

Não existe cor objetiva. A cor é uma fabricação interna do sistema nervoso[30].

Postulado n° 3 – A informação é uma profundidade física verdadeira, objetivamente mensurada como propriedade de organização de todo sistema observável.

Essa idéia de uma informação real e objetiva, coletada por órgãos sensoriais e fonte para os sistemas de afirmações objetivas sobre o mundo exterior, é falaciosa. De um lado, porque a informação não tem valor semântico, independentemente do que pense disso o observador que adiciona um valor semântico ao fenômeno biológico que ele considera, como se esse valor semântico participasse dos mecanismos das realizações.

Por outro lado, porque o ambiente como agente perturbador pode desempenhar "o papel de circunstância histórica relativamente a sua ocorrência, mas não relativamente a sua determinação"[31].

Se existe uma realidade objetiva (?), o modo de acesso à cognição depende, na realidade, apenas do sujeito. De fato, não há realidade objetiva, mas uma ciência do sujeito.

Primeira idéia – A faculdade de conhecimento é constitutiva da organização do sujeito cognoscente. Portanto, ela

---

30. H. R. Maturana, "Biology of language: the epistemology of reality", em G. A. Miller e E. Lenneberg (orgs.), *Psychology and biology of language and thought: essays in honor of Eric Lenneberg* (Nova York, Academic Press, 1978), pp. 27-63.
31. H. R. Maturana, "Stratégies cognitives", em E. Morin e M. Piattelli-Palmarini, *L'unité de l'homme* (Paris, Seuil, 1978), t. II, p. 158.

é um fenômeno biológico. Um sistema autopoiético é um sistema homeostático que produz sua própria organização, cujas virtudes essenciais são conservar a identidade do sistema fazendo-o passar pelas transformações indispensáveis a sua sobrevivência. A autopoiética se opõe, então, à alopoiética: as máquinas alopoiéticas não produzem as componentes que as constituem como unidades e, por isso, o produto de seu funcionamento é diferente delas próprias.

Edgar Morin retoma isso de modo surpreendente: uma máquina é diferente de um sistema vivo, dado que ela não se desintegra quando pára de funcionar, porque a fonte de sua energia está noutro lugar, e não nela mesma. Ao passo que um sistema vivo autoproduz seu funcionamento, garante sua própria geratividade e, por isso, se desintegra se pára de funcionar[32].

Segunda idéia – O sistema nervoso é uma rede fechada de neurônios laterais paralelos, que atuam uns sobre os outros de maneira recursiva[33].

Aqui não há nem exterior nem interior, mas fechamento. Não existe, portanto, distinção alguma a ser feita entre percepção e alucinação.

Terceira idéia – O sistema nervoso está acoplado ao organismo que o integra, de modo que sua estrutura se

---

32. *La nature de la nature* (Paris, Seuil, 1977), pp. 170, 194ss.; ver também, para a definição autopoiética do ser vivo, M. Zeleny, *Autopoiesis. A theory of living organization* (Amsterdam, North Holland, 1978).
33. H. R. Maturana, *Biology of cognition*, op. cit.

encontra constantemente determinada por sua participação na autopoiese do organismo. Tem-se, na realidade, o acoplamento de duas fenomenologias: uma, atemporal e fechada (a do sistema nervoso); outra, histórica e aberta (a do organismo e do meio ambiente ao qual o sistema nervoso está acoplado). Imbricação permanente da história com a atemporalidade[34].

2. O fechamento Varela – Com seu conceito de fechamento operacional, Varela reforça aquilo que o pensamento da auto-organização ainda deixava vago. Ele pretende se situar no interior do próprio mecanismo pelo qual o ser vivo se auto-realiza. Então, radicaliza o ponto de vista da auto-organização.

Para esse fim, faz-se necessário que ele supere o obstáculo do famoso teorema de Ashby sobre a impossibilidade de uma auto-organização pura. Ele precisa eliminar o paradoxo de um metanível e de um nível simultâneo, de um continente e de um conteúdo coalescentes, de um regulador que seria, simultaneamente, um regulado. Ele está tentando construir uma teoria dos sistemas autônomos que desenvolva e inclua a teoria da autopoiese[35]. Se dois espaços

---

34. H. R. Maturana, "Biology of language: the epistemology of reality", em G. A. Miller e E. Lenneberg (orgs.), *Psychology and biology of language and thought: essays in honor of Eric Lenneberg* (Nova York, Academic Press, 1978).
35. Ver isso em F. Varela, *Principles of biological autonomy* (Oxford/Nova York, Elsevier North Holland, 1979).

isomorfos, um com relação ao outro, não podem ser distinguidos, pode-se, para contornar Ashby, construir um domínio isomorfo ao de seus endomorfismos.

Deixaria de haver realidade objetiva? Estaríamos em pleno solipsismo?

F. Varela responde a essa pergunta defendendo-se de jamais ter pensado contrariamente a uma teoria da autopoiese:

> É uma noção local, não uma teoria. Uma noção que serve para suscitar perguntas particulares. Para mim, é sempre uma surpresa ver as pessoas identificando uma noção a uma teoria. Outra surpresa é a idéia de que a autopoiese implica a não-interação. Isso é bobagem, não faz sentido. A idéia não é tratar de sistemas fechados, mas reconceitualizar o que é a natureza da interação [...].[36]

Freada no último minuto, escapatória para o "micro" ou verdadeira exortação contra as generalizações abusivas... O fechamento operacional desempenha o papel de modelo teórico ou é "uma noção local"? A pergunta está de pé.

3. Atlan circunscreve o problema – A tudo isso, Atlan responde em bloco: a ele parece evidente que os sistemas

---

36. Entrevista de F. Varela a I. Stengers, *Cahiers du CREA*, nº 8, *Généalogie de l'auto-organisation*, nov. 1985.

são abertos, porque, se as trocas com o ambiente pararem, os sistemas morrem. Esses sistemas recebem correntes de informação do exterior ou de um ambiente já cartografado pelas projeções do próprio sistema, de modo que aquilo que proviesse do ambiente seria apenas um retorno de projeção anterior do sistema sobre o ambiente? Em todo caso, na ausência de informações externas, o sistema não pode se auto-organizar, ou seja, mudar sua organização[37]. Não se trata de auto-organização no sentido estrito em um sistema fechado, segundo o teorema de Ashby[38]. A ordem só pode vir do ruído externo. "Mas quando os fatores do exterior são aleatórios em comparação com o estado presente de organização e seus efeitos são uma mudança de organização que não é forçosamente destrutiva, é então que se fala ao menos de organização[39]." Se, para o observador, as trocas de informações de fora para dentro não passam de ruídos, para o sistema, esse ruído é fonte de organização.

Concepção flexível de uma auto-organização *lato sensu* que se opõe a uma auto-organização muito... totalitária e que se quer muito rigorosa. Atlan corrigindo Varela.

Os trabalhos já antigos sobre a troca de energia, o desperdício de calor, sua utilização em um sistema mais amplo

---

37. Cf. H. Atlan, *L'organisation biologique et la théorie de l'information* (Paris, Hermann, 1972).
38. W. R. Ashby, "Principles of self organizing system", em H. von Foerster e G. W. Zopf (orgs.), *Principles of self organization* (Nova York, Pergamon Books, 1962).
39. *L'unité de l'homme*, op. cit., p. 181.

englobando vários subsistemas, os cálculos da medida da entropia como desordem maximal de partículas eqüiprováveis são tantas outras pistas não-negligenciáveis que abrem caminho a uma reflexão do terceiro tipo[40].

Fenômeno algum pode ser percebido independentemente da significação de que ele se reveste para um observador. O que é uma mensagem que só comportaria unidades calculáveis e cujas propriedades seriam todas abstratas? Redundância e novidade, quantidades de informação etc.? Esquece-se que a mensagem é portadora de um sentido que não é o da multidireção ou da direção vetorizada de seus elementos em vista de sua consistência, mas uma verdadeira significação. Ora, a significação só pode ser encontrada em um nível superior de "complexidade". *O ruído não produz a ordem*, diz Atlan, *mas a complexidade*.

IV | O conexionismo ou a inteligência artificial expressiva

À comunicação representativa corresponderia uma inteligência artificial muito representacional. À comunicação expressiva corresponde uma nova forma de inteligência artificial: o conexionismo.

---
40. Atlan já explorara esses caminhos em seu livro *L'organisation biologique et la théorie de l'information* (op. cit.). Essas pesquisas preparavam o terceiro tipo: *Entre le cristal et la fumée* (Paris, Seuil, 1979); cf., do mesmo autor, *Les étincelles du hasard* (Paris, Seuil, t. I, 2001; t. II, 2003).

O conexionismo, ou neoconexionismo, também se interessa pelo esquema auto-organizacional, sobretudo à medida que esse esquema – por mais desordenado que seja – criticou a primeira cibernética. Mas, para além da fratura operada a partir da cibernética de primeira ordem, ele tenta uma rearticulação com a inteligência artificial, cujos resultados lhe parecem importantes. A essa altura, ele se vê confrontado com um composto de inteligência artificial e de auto-organização. Estranha questão essa, tornada possível pelas aquisições de sistemas especialistas e pelos progressos das análises em termos de redes[41].

A neurologia é convocada, não obstante tivesse estado à margem dos trabalhos de inteligência artificial.

Traço característico: abandono das experiências unicamente formais e tentativas de fabricação de uma geração de computadores de tipo novo. A arquitetura neuronal desses novos computadores vai se tornar algo de muito importante. Quer dizer que se vai simplesmente repetir a estrutura dos neurônios em rede em termos de elementos que compõem as máquinas? Não.

---

41. Cf., na revista *Byte* (abril de 1985), os artigos de Carl Hewitt, "The challenge of open systems"; de Michael F. Deering, "Architectures for A. I."; de John Stevens, "Reverse engineering the brain"; de Jérôme A. Feldmann, "Connections", e do mestre G. E. Hinton, "Learning in parallel networks". O documento mais consultado e mais documentado que poderíamos encontrar sobre a questão, nós o devemos a Françoise Folgelman-Soulié, *Le connexionnisme*, curso dado em Cognitiva, maio de 1987.

As experiências nesse sentido não são promissoras[42]. Trata-se, sobretudo, de fazer avançar sempre mais o estudo dos "nós" que compõem os centros de passagem de informações entre neurônios e de verificar o que ali se passa no nível da estrutura dos processos.

Ora, essa passagem é pensada em termos de ativação global da rede, determinando suas propriedades – temos aqui uma noção da causalidade "expressiva", tal como a definimos acima –, e não em termos de causalidades "sucessivas e elementares", parte por parte.

Aqui, contribuição da auto-organização, mas reformulada graças a uma teoria dos "nós" da rede: como definir um algoritmo local de modificação dos pesos das conexões que permita mudar uma propriedade global da rede?

Mas contribuição também dos computadores montados paralelamente à inteligência artificial clássica. A possibilidade de simular processos paralelos em máquinas seqüenciais por conta do incremento da rapidez e da capacidade de cálculo da informática. Dessa forma, o progresso tecnológico e os progressos da neurobiologia são constitutivos do neoconexionismo.

Pragmatismo industrial. Os progressos científicos em tecnologia da informação (aceleração considerável da ra-

---

42. Como no caso de Fukushima citado por P. Livet, "Cybernétique, auto-organisation et néo-connexionnisme", *Cahiers du CREA* (nº 8: *Généalogie de l'auto-organisation*, nov. 1985).

pidez de cálculo, processamento de dados em tempo real, criação de novas linguagens), em psicologia (cálculo dos tempos de reação na ordem do centésimo de segundo), em neuropsicologia e em citologia (o estudo das estruturas cerebrais, o funcionamento dos neurônios) tiveram por corolário o abandono das distinções entre as abordagens "conexionista" e "representativa", em proveito de um pragmatismo industrial, com a fronteira entre os laboratórios e a indústria se tornando cada vez mais porosa. Contudo, do ponto de vista conceitual, as distinções se mantêm.

V | *Mass media* expressivos

O destinatário desbanca o emissor[43].

Os dois modelos de Barnlund e de Thayer apresentam uma nítida ruptura com os modelos representativos.

1. O modelo de Barnlund[44] – O modelo de Barnlund é transacional, mas "orientado para o destinatário"[45]. Barnlund exprime claramente a idéia de que o todo está na mensagem, nas palavras não-ditas que ela evoca, mas também

---
43. Cf. Louis Marin, "Pouvoir du récit et récit du pouvoir", *Actes de la Recherche en Sciences Sociales* (nº 25, 1979), p. 23; cf. também Louis Quéré, *Des miroirs équivoques* (Paris, Aubier-Montaigne, 1982), p. 154.
44. "A transactional model of communication", *Fondations of Communication Theory* (op. cit.), p. 83.
45. Ravault, op. cit., p. 200.

em toda a atmosfera na qual essas palavras são ditas e ouvidas: é isso, é tudo isso a comunicação. Ela não é, portanto, nem uma reação, nem uma interação, mas uma transação plena "na qual o homem inventa e atribui significações para realizar seus projetos". Em suma, o sentido é mais inventado que recebido.

2. **O modelo de Thayer**[46] – Thayer quer evitar sobre racionalizar o papel do emissor. A hipótese de um emissor detentor de uma mensagem que ele quer transmitir intencionalmente não é necessária à comunicação. Pode ser que haja um. Pode ser também que haja informação sem intenção da parte de um sujeito emissor. Por sua vez, o receptor é indispensável à comunicação, pois é estritamente necessário que alguém ouça, veja, perceba, interprete. A presença de um emissor não é exigência fundamental da comunicação. A de um receptor, sim[47].

Por isso a compreensão do receptor vai bem além do mero conteúdo da mensagem do emissor. Quase sempre, ele deve levar em conta o que percebe da intenção do emissor (ou de sua ausência de intenção), a situação, a história de seus encontros com o emissor, suas próprias intenções, as conseqüências previsíveis de sua compreensão e/ou seu acordo

---

46. L. Thayer, *Communication and communication systems* (Homewood, Richard D. Irwin Inc., 1968).
47. Idem, ibidem, p. 122.

com o que percebe daquilo que o emissor diz etc.[48]. O receptor é, diz Thayer, "*de facto*, criador de toda mensagem"[49].

O ruído externo feito pelas mídias se reorganiza na forma de mensagens no interior do pensamento do receptor. Quanto às mídias, elas desempenham um papel de disparador, de desencadeador, idêntico ao papel desempenhado pelos disparadores na biologia autopoiética de Maturana e Varela: recebemos apenas simples intensidades luminosas, que reconstruímos em nosso cérebro em formas, cores e objetos.

3. Fatores socioculturais – Katz, Liebes e equipe estudaram os efeitos mundiais de uma série de TV, *Dallas*, continente a continente.

Como tal acontecimento, tal ficção fazem sentido em determinada cultura? Essa é a pergunta à qual a pesquisa pretende responder. O objeto, *Dallas*, foi bem escolhido, porque qualquer pessoa pode se investir na história de uma família discutindo os papéis respectivos dos personagens, buscando passar todas as informações àqueles que não viram o último episódio. É aí que se nota que a percepção de *Dallas* muda segundo os grupos. Os árabes podem estar "desinformados", nos diz Katz, porque inventam que Sue Ellen deixou o marido para ir ficar com o pai. Eles não po-

---
48. Idem, ibidem, p. 123.
49. Idem, ibidem.

dem conceber, nem por um instante, que uma mulher viva sozinha, sem a proteção de um homem. Cada um interpreta a própria família e a própria vida valendo-se do recurso do folhetim: *Dallas* analista.

Um morador de *kibutz* assiste a *Dallas* e valoriza a própria vida, melhor que a da família Ewing, dominada pelo dinheiro. "É feliz nosso destino de ser judeus", dizem outros, ao passo que alguns aprovam, porque a riqueza facilita a vida e "todo mundo quer ser rico". Aqui, mais uma vez, o receptor inventa sua percepção, de modo próprio.

4. A coer(sedu)ção de Ravault

Na mesma linha dessa pesquisa sobre *Dallas*, podemos citar também as análises de Ravault[50].

Alguns países subdesenvolvidos recebem um fluxo de culturas estrangeiras, particularmente da americana. Mas seus grupos culturais dirigentes invertem a mensagem envenenada. Mowlana mostrou, a propósito do Irã, que os revolucionários contavam com as redes tradicionais, como os "bazares e mesquitas"[51], porque a imagem do imperialismo, de sua sexualidade revoltante, era interpretada nesses luga-

---

50. Em sua tese anteriormente citada, mas também em *Défense de l'identité culturelle par les réseaux traditionnels de coer-séduction* (Atas da IV Conferência Internacional sobre a Identidade Cultural, organizada pelo Institut France-Monde, em Dacar, 15 a 17 de maio de 1985).
51. Mowlana Hamid, "Technology *versus* tradition", *Journal of Communication* (t. XXIX, verão de 1979, nº 3), p. 107.

res. Já no tempo do xá, via-se muita televisão. Mas, dia após dia, as imagens estrangeiras forneciam novas armas aos rebeldes. Enquanto o xá, que aparecia com muita freqüência na telinha, se via despojar de seu mistério de direito divino. Enquanto sua imagem modernista, associada ao modernismo deletério do Ocidente, se degradava cruelmente.

Tudo isso se explica, diz-nos Ravault, pelo poder das redes de "coer(sedu)ção", feitas de coerção e de sedução. São elas que lançam mão da segunda mensagem que se torna alavanca de combate. Ravault reforça aqui o *second step* da comunicação que domina o primeiro[52].

5. A aculturação segundo Gerbner

– Na análise de Gerbner, o destinatário não é nada neutro: ele tem sua parte na comunicação midiática, na condição expressa de que exerça sua crítica sobre o "sistema" das mensagens. Existe claramente uma possibilidade de interpretação crítica por parte do destinatário, mas só se ele tomar consciência, não de uma mensagem isolada, mas do conjunto de construções fictícias que os programas de TV oferecem.

É sua estrutura – "repetitiva, contínua" –, o fluxo, o *main-stream* de comunicações que têm primazia sobre o teor dessa ou daquela mensagem. Somos levados, a nossa revelia, por tal fluxo de informações diversas que, mesmo que pos-

---

52. Cf. capítulo I, item V, deste livro.

samos criticar um ou outro dos programas ou atrações de maneira pontual, seguimos mergulhados em um "mundo" inteiramente fabricado por e para os grandes interesses econômicos dos trustes de comunicação.

Desse modo, o mundo de que os programas nos falam, o mundo que nos mostram é um mundo ilusório, feito para agradar o maior número e que tem bem poucas conexões com a realidade social e política.

Qual é o impacto dessa visão estruturada do mundo quando ela se repete ao longo das jornadas dos *heavy viewers*? Gerbner demonstra que eles – os que assistem constantemente à televisão – tendem a se conformar a esse mundo que a televisão os leva a crer que é real[53]. Eles se comportarão como vítimas, se tornarão facilmente manipuláveis, normatizados; eles serão os mais repressivos contra todos os marginais, reivindicarão castigos implacáveis para os rebeldes de todas as ordens[54].

Isso porque a violência mostrada em todos os programas não produz diretamente violência, mas, ao contrário, uma insegurança, um mal-estar e, por isso mesmo, um voltar-se para os valores mais conservadores da sociedade.

---

53. "Television as new religion", em *New Catholic World* (1978), e *The Mainstreaming of America, Violence*, nº 11 (*Journal of Communication*, 1980, vol. 30, 3).
54. "Cultural indicators: the third voice", em Larry P. Gross e William H. Melody (orgs.), *Communications: technology and social policy: understanding the new cultural revolution* (Nova York, John Wiley & Sons, 1973).

A construção ilusória produzida pelas mídias tem um efeito-ricochete sobre o real, por ela reconstruído segundo suas leis fictícias. Nesse caso, o receptor é muito "ativo": ele reconstrói uma realidade, mas uma realidade segunda, diretamente extraída dos conteúdos do "sistema de mensagens".

Resta-nos, então, criticar, exercer uma vigilância particular por meio do confronto científico dessa realidade, com base nos fatos. A única via de acesso para a desalienação é a crítica.

VI | A comunicação expressiva na ciência nova das organizações

A esta altura, pode ser muito útil consultar, ou até mesmo explorar sistematicamente o *Handbook of organizational communication*[55].

Nele, veremos numerosíssimas contribuições a uma teoria organísmica das organizações, com o uso abundante da metáfora do organismo.

Contudo, por falta de espaço, aqui darei preferência a concentrar a atenção nos esforços de um grande precursor desse tipo de teorias: Martin Landau, professor em Berkeley.

---

55. F. Jablin, L. Putnam, K. Roberts e L. Porter, *Handbook of organizational communication* (Thousand Oaks, Sage, 1987).

Martin Landau ou a complexidade do 747 – Evoco aqui as provocações de Landau, com as quais comecei *Critique de la communication*[56]:

> Sabem por que o 747 é o avião mais confiável do mundo? É que seus quatro sistemas de controle e de regulagem – um para cada motor – são independentes uns dos outros. E, além disso, o piloto dispõe de um sistema de regulagem manual, independente dos quatro anteriores.

Mas, afora essa imagem, as análises de Landau são clássicas e antigas.

Em 1969, ele publica um artigo intitulado "Redundancy, rationality and the problem of duplication and overlap" ("Redundância, racionalidade e o problema da repetição e da sobreposição"). A redundância é vista reiteradamente como um excesso.

Contudo, o uso da redundância é muito freqüente. Porque, é o que nos diz Landau, a própria incerteza quanto a meu próprio pensamento – incerteza em que me vejo ao tentar traduzi-la para os outros – me leva a repetir, a usar mais palavras do que seria necessário e a arranjos gramaticais mais numerosos do que seria preciso. Pois, se uma comunicação fosse realmente marcada por uma redundância nula, eu jamais poderia descobrir um erro.

---
56. L. Sfez, *Critique de la communication* (Paris, Seuil, 1988; 2. ed., 1990), pp. 11ss.

Isso permite julgar por si mesmos os pesados esforços administrativos para a redução das redundâncias: eles não chegam a nada. Tão logo uma instância é suprimida, ou simplesmente deixada de lado, outra instância nasce: sobreposições, imbricações e instituições sobrepostas proliferam[57]. E isso quanto mais forem necessários compromissos entre especialistas e políticos, entre a verdade de uns e a de outros. E tudo, então, se redobra interminavelmente em uma série de cadeias fins-meios, perfeitamente redundantes. Quais são, assim, as funções latentes da redundância? Ela tende a suprimir o erro e a assegurar o mais alto grau de confiabilidade.

Eqüipotencialidade. Um 747 não pode funcionar normalmente com três motores e assegurar ainda um transporte sem riscos com dois?

Redundâncias institucionais – Em resumo, todas as instâncias redundantes permitem reajustes: é o que se vê na constituição americana, que prevê múltiplas instâncias, cuja competência incide sobre os mesmos objetos, aquilo que Madison em *O federalista* chamava de precauções auxiliares. É que é preciso assegurar uma grande flexibilidade de funcionamento, levando em conta mudanças incessantes de propósitos e de contexto. Graças às redundâncias de leis, de poderes, de sistemas de comando,

---

57. Nesse sentido, cf. também L. Sfez, *L'administration prospective* (Paris, Armand Colin, 1970, 2ª parte).

o todo é mais confiável que cada uma das partes, ao modo dos sistemas vivos auto-organizados. E isso por causa de dois meios que se combinam: uma redundância de primeira ordem, que é a da repetição, e uma redundância de segunda ordem, que é a das partes "eqüipotenciais", capazes de fazer uma coisa e outra ao mesmo tempo. Landau insiste nisso: trata-se de uma estratégia de beira de abismo (*brinkmanship*). Quando um circuito não funciona, outro o substitui, ou entra em alerta para poder agir se mais erros aparecerem.

Longe de ser um sinal de ineficácia, a redundância permite, ao contrário, reduzir os erros e abrir a novas alternativas.

Dessa forma se explicam as constantes oscilações da centralização para a descentralização e o equilíbrio sempre instável entre dois pólos no interior das organizações[58]. Parece que os descentralizadores freqüentemente recentralizam, à própria revelia, para melhor descentralizar. Quanto mais desenvolvido (complexo) for um sistema, mais centralizado será. Quanto mais centralizado, mais surdo aos ruídos periféricos. E, quanto mais surdo a esses ruídos, mais passível de panes e, portanto, sujeito a brutais mudanças de orientação rumo à descentralização.

---

58. Chester Barnard, em *The functions of executive* (Cambridge, Mass., Harvard University Press, 1938), já falava desse equilíbrio delicado entre elementos formais e informais nas organizações.

No limite, a hierarquia não pode aprender nada, uma vez que só se pode aprender algo experimentalmente, fazendo (*learning by doing*). Faz-se, então, apelo às forças auto-organizadas, autodeterminadas, autocoordenadas da periferia. Mas ainda temos um problema aqui: o excesso de especialização dos especialistas de visão parcial, que entram em conflito com as autoridades generalistas. Landau o classifica como "conflito entre autoridades por competência e autoridades (juridicamente) habilitadas". A autoridade da competência é sempre fator de desordem. De onde circuitos informais e equilíbrios instáveis entre as duas potências[59]. Necessária redundância. Redundância que atenua os níveis de conflito e até aumenta a produtividade.

Conclusão

Expressão, segunda definição da comunicação

Aqui, deixa de existir envio, por parte de um sujeito emissor, de uma mensagem calculável a um objeto receptor. A comunicação é inserção de um sujeito complexo num ambiente propriamente complexo. O sujeito faz parte do meio, e o meio, do sujeito. Causalidade circular. Idéia paradoxal, segundo a qual a parte está em um todo que é parte da parte. O sujeito permanece, mas ele desposou o mundo. Dupla

---

59. Cf. Lucien Sfez, *Critique de la décision* (op. cit., 2ª parte).

sujeito/mundo, na qual os dois parceiros não perderam totalmente a identidade, mas praticam trocas incessantes. A realidade do mundo não é mais objetiva, mas faz parte de mim mesmo. Ela existe... em mim. Eu existo... nela. A essa altura, não há mais necessidade da representação e de seus limites. Apelo à expressão ao modo espinosista. Eu exprimo o mundo que me exprime. O sujeito global é o mundo natural. Mas o indivíduo não perdeu seus direitos: ele deve, como no esquema espinosista, fazer o bom enunciado, situar-se corretamente no mundo para suscitar bons encontros com ele. Posição monista que postula o justo lugar do indivíduo no concerto do universo. Totalidade, mas totalidade com hierarquias.

A comunicação confusional III

Por muito tempo, a comunicação representativa exerceu suas prerrogativas de modo dominante, temperada em menor medida, quando seus excessos a fragilizavam, pela comunicação expressiva. Um pouco de festa, de comunidade em fusão vinham atenuar a frieza do legalismo burocrático, nacional e abstratamente patriota.

É essa combinação pragmaticamente dosada que eu chamei de "política simbólica" em *L'enfer et le paradis*[1] e "gestão tradicional da comunicação" na *Critique de la communication*[2].

Ora, essa política simbólica desmoronou, essa gestão tradicional hoje se desagregou. O pior chegou, o inaudito, o inconcebível. Longe de se compensarem um ao outro, o representativo e o expressivo tendem a se identificar um

---
1. Lucien Sfez (2. ed.) com o título *La politique symbolique* (Paris, PUF, 1993).
2. Lucien Sfez, *Critique de la communication* (Paris, Seuil, 1988; 2. ed., 1990; 3. ed., 1992).

com o outro. Toma-se o representar pelo exprimir e o exprimir pelo representar: comunicação confusional. Doença da confusão que eu classifico de "tautismo". O tautismo (I) e suas manifestações nos *mass media* confusionais (II), em publicidade, *marketing* e pesquisas de opinião (III), nas tecnologias do espírito e em ciência cognitiva (IV) e seu lugar como critério de regimes políticos (V) constituirão os desenvolvimentos deste capítulo.

I | O tautismo: noção e práticas

1. O tautismo: primeira aparição – O tautismo é a confusão de dois gêneros. Acreditamos estar na expressão imediata, espontânea, lá onde quem reina como senhora e dona é a representação. Delírio. Acredito exprimir o mundo, esse mundo de máquinas que me representam e que, na realidade, se exprimem em meu lugar. Circularidade e inversão: eu me aproprio das encenações televisadas como se fossem minhas. Tenho a ilusão de estar ali, de ser aquilo, quando na verdade o que há são decupagens e escolhas prévias a meu olhar. A tal ponto que acabo emprestando à maquina social, televisiva ou informática, minhas próprias faculdades. Tendo-as delegado a ela, elas retornam a mim como se sua origem estivesse alhures, no céu tecnológico. Um pouco ao modo do retorno feuerbachiano, no qual Deus, criado pelo homem, se impõe a si mesmo como produtor daquele que o produziu.

Tomam-se as realidades de segundo grau formadas pelos emissores, ou as realidades de terceiro grau formadas pelos receptores como uma só e mesma realidade, de primeiro grau, que se confunde com os dados brutos. Como se dados brutos houvesse, como se a cadeia de intermediários – que extraíram a informação, produziram seu quadro, sua utilização até o receptor – fosse bruscamente suprimida. Como se o próprio receptor não passasse de uma esponja absorvente que aceita, tal qual, o sinal elétrico transmitido. Totalitarismo do tautismo. Loucura muda da denegação do real. Pretensão totalizante e fechamento circular descritos por Baudrillard, que contribui para isso à própria revelia.

Tautismo: é a contração de dois termos, autismo e tautologia.

Autismo, doença do auto-encerramento, pela qual o indivíduo deixa de ter a necessidade de comunicar seu pensamento aos outros e de se adequar ao dos demais e cujos únicos interesses são os da satisfação orgânica ou lúdica[3].

Tautologia: chama-se tautológica toda proposição idêntica cujo sujeito e predicado são um só e mesmo conceito[4], ou ainda, segundo Wittgenstein, toda proposição complexa que permanece verdadeira unicamente em virtude de sua forma, qualquer que seja o valor de verdade das proposições que a compõem. O tautismo é um autismo tautológico.

---
3. É o caso dos virtuoses obsessivos do computador, chamados nos Estados Unidos de *hackers*.
4. R. Carnap, "Die Mete und die Mene Logik", VIII, em *Erkenntnis* (1930, E. I), p. 2.

Tautismo também evoca totalidade. Um grande todo que nos engloba e no qual somos diluídos. Má sorte. Tautismo, ou autismo tautológico, do grande todo que não suporta fragmento algum em seu seio, ele estaria submetido a uma hierarquia. E isso, o tautismo não admite.

2. Tautismo: manifestações práticas

– Na vida prática, que dizer da situação de uma criança americana que fica sentada diante de uma televisão ligada durante sete horas por dia e que, ao mesmo tempo, fica ao telefone durante cinco horas todos os dias e fica teclando em seu computador outras tantas? Ela faz os deveres sozinha ou com seus amigos ao telefone, ou usando o computador para isso, assistindo à televisão, ouvindo sem entender. Que visão da realidade se constrói aqui, senão a de uma realidade remota como o deus oculto de Goldman, fragmentada e fluente, imaginária? Ainda não vivemos essa mesma situação na Europa, mas os 100 mil computadores de Laurent Fabius nas escolas, ou o hábito italiano de ligar em um mesmo ambiente vários aparelhos de televisão ao mesmo tempo indicam que estamos tomando o mesmo caminho: imagens, imagens estilhaçadas e diferentes, sempre retransmitidas pela máquina, chegam de todos os lugares, e as mensagens se anulam para que só o ruído subsista. A tentação de se identificar com esse ruído é grande, de se deixar investir por ele, até formar um com ele, até o mutismo.

Manifestações do tautismo que veremos posteriormente na ciência cognitiva e cuja estrutura foi profetizada pela Escola de Viena – quando ela anunciou que todas as proposições da lógica e da matemática têm como característica ser formais – nada nos ensinam sobre a realidade e, por isso, merecem a qualificação de tautológicas[5]. A ciência cognitiva, ou ciência tautológica. Ciência tautística do tautismo.

Tanto na prática concreta, como no imaginário, quem controla os fanáticos por computador, os *hackers*, e as crianças? Não se poderia falar de uma cura computadorística, que viesse substituir a cura analítica? O "segundo *self*", descrito por S. Turkle com ironia e precisão, parece se instalar em nossa intimidade[6].

Essa cura, que milhares de humanos muito comuns seguem, atinge seu apogeu e sua consagração no nível supremo: cérebros elegantes propagam sua religião e seguem seus ritos diurnos e noturnos no último andar do MIT, a partir de onde semeiam o que há de vir...

Mesmo em um campo como o da terapia analítica, quando se trata de paciente, de sofrimento e de cura, o movimento tautístico se apossa da fala curadora para arrastar na vertigem. É o caso da *quick therapy*, essa curiosa prática transatlântica,

---

5. A. Lalande, *Vocabulaire technique et critique de la philosophie* (Paris, PUF, 1993), p. 1103 [*Vocabulário técnico e crítico da filosofia* (São Paulo, Martins Fontes, 1996)].
6. Cf. S. Turkle, *Les enfants de l'ordinateur* (Paris, Denoël, 1986) [trad. de *The second self. Computers and the human spirit* (Nova York, Simon & Schuster, 1984)].

cujos contornos seguimos com B. Shaw e W. Erhard, e que eu classifico como "terapia Frankenstein" ou "terapia Mao"[7].

As práticas "midiáticas", pelas quais todos nos informamos dos acontecimentos do mundo em que estamos mergulhados, não escapam facilmente a essa mescla do representar e do exprimir, que, superpondo-se, nos entrega à confusão do emissor e do receptor, sem que possamos encontrar alguma fonte do real fora do circuito fechado das mensagens que uns enviam aos outros. Desse modo, Frankenstein intervém também nos *mass media*: o tautismo está presente no lugar onde pareceria haver menos mutismo. É que, de tanto falar, nada mais é dito, e a prolixidade, assim como o psitacismo, induz à repetição vazia, o tautologismo. Aqui, toda fala tem o mesmo peso da irrealidade, em *mass media*, *marketing* ou prática generalizada de pesquisas de opinião.

II | *Mass media* confusionais

Na seqüência, analisaremos a comunicação televisiva (1) e o círculo de Baudrillard (2).

1. A comunicação televisiva
– Parece que chegamos a um ponto curioso e até mesmo inédito na história de nossas civilizações, a um ponto-limite no qual o espetáculo que é dado a ver – e que supõe uma distância entre o espectador e a

---

7. Cf. *Critique de la communication*, op. cit., 3ª parte, cap. 1.

cena – nos inclui na cena propriamente dita e nos leva a acreditar nessa inclusão. Bem sabemos, contudo, que só a eletrônica e dispositivos complexos nos ligam ao emissor remoto. Mas a distância geográfica e os intermediários tecnológicos, longe de provocar um sentimento de artificialidade, oferecem a aparência de uma espontaneidade natural.

Por ocasião da viagem do papa João Paulo II à Polônia, uma multidão em delírio se libertava de seus medos ao contato físico com a batina dele. A viagem pontifícia foi televisionada para todos os países do mundo. As famílias reunidas em torno dos aparelhos fizeram comunhão eucarística de desejo*. Mas se tratava, verdadeiramente, da mesma comunhão? A dos poloneses *in situ* era real, presencial: o Exército Vermelho não está longe, e a polícia está bem perto em um círculo de fome, de privações e de ameaças. A dos telespectadores era apenas espetacular, em imaginação. Falar aqui de comunhão suporia que a decupagem da imagem não mata a imaginação e que o comentário do jornalista não molda o pensamento. E vejam que não estamos falando de postulados inexpressivos.

2. O círculo de Baudrillard – O círculo aqui está fechado: de tanto insistir nas capacidades inventivas do receptor,

---

* Um católico impedido, por qualquer razão, de participar da comunhão na eucaristia pode fazer a "comunhão de desejo", também chamada "comunhão espiritual", que consiste em convidar Jesus para vir habitar o interior do crente, como numa comunhão sacramental. Outra expressão clássica da comunhão de desejo é a prática da adoração ao santíssimo sacramento. (N. de T.)

roçamos (Barnlund-Thayer), depois acabamos por penetrar na sociedade fora da história, ou sociedade do simulacro generalizado de Baudrillard. Barnlund e Thayer – assim como Gerbner – param claramente na entrada do edifício: ainda existem para eles *event data* a negociar. Aqui, não há mais.

Entramos, sem poder mais sair, em uma comunicação orgânica, em uma autofabricação de dados externos, em uma autopoiese individual e de grupo, sem o disparador de uma realidade externa que a acionaria. A comunicação se desdobra através de uma rede giratória e sem fim (e sem propósito), ampliando seu campo a cada volta, em um processo tautológico[8].

O que é verdade da própria comunicação também o é das pesquisas sobre a comunicação midiática: as análises teóricas se desdobram em círculos abertos uns sobre os outros. Partes de uma visão linear e objetivante, elas culminam, mas sem se concluir, em uma ampliação do próprio campo, nas mais variadas disciplinas, e assim englobando a questão do objeto e do sujeito em uma dissolução progressiva.

O contexto passa a ocupar um lugar primordial, pois surge como indissociável do receptor. Doravante, é o receptor-contexto que recebe – cria os sentidos das mensagens que ocorrem.

Aqui estamos no último giro da hélice.

A comunicação organiza o corpo do receptor e o estrutura como sujeito segundo de uma realidade segunda.

---

8. Até uma verdadeira *Esthétique de la disparition*. Cf., sob esse título, o livro de Paul Virilio (Paris, Balland, 1980).

Não se trata mais do sujeito clássico, mas de um *suporte mediado*. Todas as disciplinas são chamadas em auxílio, visto que o ambiente e o sujeito estão confundidos.

Em última instância, é a interação das diferentes mensagens recebidas e seu entrelaçamento complexo que definem o uso possível da mensagem. O círculo está fechado. A realidade da comunicação e a das influências possíveis que uma mensagem pode ter se medem, as duas, com o estado global da comunicação em um momento dado, sempre transitório (fluxo perpétuo). Quer dizer que a realidade da comunicação não pode ser definida se se considera a mensagem em si, independentemente do conjunto. O processo da comunicação só leva em conta o mero vaivém de um diálogo sem personagem. Só leva em conta a si mesmo, isto é, a comunicação em seu próprio objeto. Tautologia.

Examinemos mais de perto, por meio de nossa categoria de tautismo, a posição de Baudrillard, na qual a realidade remete à ficção e onde a ficção é a própria realidade[9].

O papa, os poloneses e os simulacros

Voltemos ao exemplo do papa João Paulo II e os poloneses.

Nas grandes cerimônias trabalhadas por Katz e Dayan, há representação e até mesmo uma dupla representação, a que é dada imediatamente pelos poloneses

---

9. J. Baudrillard, *Simulacres et simulation* (Paris, Galilée, 1981 [*Simulacros e simulação*, Lisboa, Relógio d'Água, 1991]); *Les stratégies fatales* (Paris, Grasset, 1983 [*As estratégias fatais*, Rio de Janeiro, Rocco, 1996]).

isolados, recebendo seu papa polonês salvador, a representação que recebemos em nossas telas, em família, novo espaço público, nos diz Dayan. A primeira representação é de ordem teatral, aquela em que os espectadores situados e sofredores participam ativamente da dramaturgia e purgam suas paixões, como em toda dramaturgia. Aqui, a representação não é considerada como expressão. Ela permite a expressão do público pela própria separação, representante-representado, que ela implica. Santidade ou retorno à santidade pela purgação das paixões. A segunda representação é aquela que recebemos em nossas telas.

O espectador acredita dominar o mundo em representação *exprimindo-se* em família[10]. Ele nunca é apenas um elemento recebendo ondas luminosas que toma pela própria realidade. Baudrillard fala, então, de sideração: o espectador se torna mudo, quase autista e, a partir daí, não pode dizer mais nada. Cada qual em sua caixa, isto é, em sua casa, acredita entrar em contato simultâneo, imediato com todos os outros, em um grande todo sincrônico, ecossistêmico, até mesmo autogestionário. Mas todos eles entram em contato apenas consigo mesmos. Autismo tautológico pelo qual se repete interminavelmente a mesma cerimônia abstrata. Autismo totalizante pelo qual somos diluídos no absoluto do mundo, por

---

10. Cf. Daniel Dayan e Elihu Katz, *La télévision cérémonielle* (Paris, PUF, 1996). Esse livro é a tradução de *Media events* (Cambridge, Mass., Harvard University Press, 1992).

não termos conseguido nos separar dele para compreendê-lo. Mas, se o simulacro é um dos futuros que nos aguardam, é preciso muito mais para que esse esquema um pouco doido funcione a contento.

As mais avançadas teorias esforçam-se em vão para se servir da perspectiva e da ficção, mas são elas mesmas tomadas por aquilo que enunciam. Se a realidade se tornou uma noção sem conteúdo real, se a mensagem não tem mais sentido, se não há mais fronteiras entre o fora e o dentro, se a própria expressão se torna uma construção oca, pois tudo o que lhe resta é se repetir indefinidamente como seu mesmo, sem diferenças, então a mensagem desses profetas deve ser tratada da mesma maneira. Eles não têm mais realidade nem mais peso para dizer o que se passa do que o teriam outras mensagens que dissessem o contrário... porque nada diriam.

Pode-se escrever o mesmo sobre as teorias e as práticas da publicidade, do *marketing* e das pesquisas de opinião.

III | Publicidade

A "informação" comunicada pelo sistema da publicidade ocupa um lugar tão importante na vida contemporânea que somos cegados pela evidência do fenômeno. Não o "vemos" mais.

Inaugurada no século XIX pelo reclame, a junção da imagem com o discursivo forma o núcleo daquilo que agora chamamos de publicidade. E seu desenvolvimento, do século XIX até nossos dias, é marcado por etapas ou configurações que têm a vantagem de oferecer claramente, trazendo para diante de nossos olhos, as características de três metáforas comunicativas: máquina, organismo, Frankenstein[11]. Eu as descreverei da seguinte maneira:

1. O reclame ou a comunicação-representação (máquina).
2. O sistema de publicidade ou a expressão publicitária (organismo).
3. A mediação generalizada da publicidade ou a publicidade tautística (Frankenstein).

1. O reclame, ou o objeto representado – O objeto, por exemplo, uma pílula para males do fígado, está ali. O negócio é vendê-la. A pílula, não outra coisa. Para isso, pensa-se, é preciso tocar a razão do cliente potencial com um discurso apropriado, e a vontade dele (ou desejo), com uma imagem. Classicamente, o desejo está ligado à imagem; o discurso, à razão. Esse princípio, que vem das filosofias antigas, nunca é discutido. Ele funciona como um *a priori*. Conjugando os dois aspectos – razão e desejo –, os fabricantes acham que multiplicarão por dois a capacidade de convencer. Nessa perspectiva, o cliente se faz presente como alvo; o objeto, como fonte. É entre os dois que se tece a linha dupla

---

11. Cf. a introdução a este livro.

de uma argumentação descritiva e de uma imagem desejável. Eminentemente racionalista, esse dispositivo aciona o esquema representativo: as partes do dispositivo são exteriores umas às outras e se articulam como as partes de uma máquina. Elas acionam mecanismos que têm, cada um, sua função no conjunto, e se diz que o conjunto funciona se o propósito for atingido. Ou seja, se as vendas da pílula dispararem. Meio de transmissão de uma intenção de convencer a determinada compra, a venda é concebida pelos fabricantes, pois só eles sabem descrever com exatidão as características do objeto, só eles conhecem sua clientela e, por fim, só eles acham que conhecem os recursos da psicologia. Movida por essa preocupação e dirigida para um produto determinado, a publicidade-reclame é então um "instrumento" rudimentar, que *ignora as especializações*. O mesmo esquema serve para carros, roupas, medicamentos e astrologia. Portanto, ele é utilizado por *não-profissionais*. Não importa quem vai promover o elogio de seu produto, não existe profissão em publicidade. Essa publicidade-reclame não analisou *as conseqüências econômicas*, para o mercado de objetos em propaganda, de uma *disseminação de anúncios* sobre uma multidão de objetos desemparelhados. Esse último ponto – o aumento dos reclames e sua construção semelhante – produz uma espécie de lassidão cujo impacto atinge todos os produtos – e não apenas esse ou aquele, para o qual o reclame abriria menos mercado. Aqui teríamos um "sistema de anúncios" que formaria um todo. O que significaria, entre outras coisas, que todo objeto introduzido no sistema de publicidade tira proveito do reclame feito por outros. Em outros termos, começar-se-á a renunciar ao sacrossanto princípio da representação, que consiste em fabricar o duplo de um objeto definido para oferecê-lo à cobiça do público.

2. A expressão publicitária – Ao mesmo tempo que o instrumento se afina, ele perde em qualidade de representação: a informação discursiva (verdadeira ou mentirosa, pouco importa aqui) cede diante da imagem e de seu manejo. Uma profissão se cria, a do fabricante de imagens, de *slogans* (uma espécie de ilustração, por meio da linguagem, da força da imagem: a fala ilustra a imagem), de logotipos. Ele ganha em qualidade de tradução, mas, sobretudo, forma com os objetos que são assumidos por um sistema paralelo ao "sistema de objetos" tão bem descrito por Baudrillard. No mesmo ato, temos várias conseqüências práticas e teóricas:

A) Todos os objetos estão ligados pelo *canal sistêmico* da publicidade. Um "comercial" que apresenta uma mulher na praia, com um guarda-sol, óculos escuros, de biquíni, passando bronzeador, "vende" qualquer elemento desse material todo exposto, mesmo que tenha sido feito só para dizer: "Venha para as Bahamas".

B) É que ali cada parte vale pelo conjunto e a ele se substitui, é o conjunto que "funciona". Idas e vindas, círculos e nós, o sistema publicitário *inclui o destinatário* em seu anúncio, e não apenas ele com seus próprios desejos errantes pela superfície dos objetos sem nela se fixar, mas também seus diferentes duplos hipotéticos, cuja expressão a publicidade permite. Alguém, por exemplo, recusará o ócio na praia, detestará bronzeador, mas desejará a pele dourada da mulher e sonhará com ilhas desconhecidas e com barcos, mesmo que não haja nada disso na imagem.

C) A publicidade se dissolve, então, no sistema geral do consumo, cujas leis adota desde o primeiro momento e para cujo reforço e propulsão ela contribui e, até mesmo, para a fabricação de todas as peças. Entramos no esquema da expressão (aquele do *Creatura*).

O organismo vive sua vida autônoma. Cada parte é o todo e o todo está presente em cada parte. De uns para os outros, uma irrigação em rede, pois aqui passamos da linha para a rede. Rede de publicidades envolvendo pouco a pouco tudo o que existe. Os objetos ainda estão lá como referentes externos, mas se tornam cada vez mais evanescentes ou apresentam, com referência às coisas, distorções cada vez mais marcantes.

Desse modo:

– negação: "Esse carro não deve, em hipótese alguma, ser comprado. É muito caro";

– derrisão (do objeto pelo personagem e vice-versa): com gorro de dormir, um imitador de Louis de Funès come o "cajado do pastor", Alice Sapritch empunha o Jex-Four com luvas de seda*;

– exotismo: uma frigideira Tefal em uma ilha perdida etc.

Por força de figuras deslocadas, o objeto se perde na obscuridade da inexistência. Na verdade, não se tem a mínima necessidade do objeto real. O nome da coisa joga com uma imagem que não se lhe assemelha e que não mantém mais relação "visível" com o nome. Começamos aqui a entrar no tautismo, com a terceira etapa da publicidade, a total desrealização que ela exerce.

3. A publicidade é nominalista, ou tautística[12]

A) *A publicidade expressa a sociedade da comunicação* – Tratar-se-á menos de persuadir a propósito de objetos de consumo (a *sociedade chamada de consumo* já está se afastando) que de persuadir da existência de uma *sociedade de comunicação*: a publicidade reina sobre o domínio que ela mesma consti-

---

* Louis de Funès (1914-1983), ator francês, foi um comediante muito popular nos anos 1960-1970. Alice Sapritch (1916-1990), cujo sobrenome verdadeiro era Sapric: atriz francesa de origem turca, comediante que atuou no teatro e na televisão; fez comerciais humorísticos e é referência para seus fãs com seu anúncio para o limpador de forno Jex-Four. (N. de T.)

12. Cf. "Avance sur image" (pesquisa sobre a imagem das Telecom), Rapport CREDAP, 1990, de Anne Cauquelin e Lucien Sfez.

tuiu, pois se trata de promover e vender um conteúdo vazio de todo objeto que é *a imagem de um processo: aquele pelo qual a sociedade se constitui e que consiste no vínculo comunicativo*. Ora, nenhum meio assegura mais esse vínculo que a publicidade. A publicidade vivifica e torna presente o que é comum a todos. Ela tece as redes da sensibilidade, do gosto, do pensamento: uma identidade. Podemos ver, sem que se perceba, a inversão do esquema outrora em uso. Em vez de a publicidade intervir como ficção no curso de uma realidade descrita, nessa última etapa, é a realidade que assume o lugar da ficção na trama narrativa imagética da publicidade.

B) *A publicidade expressa o futuro* – Outro funcionamento: o tecido narrativo da "publicidade" é levado a um alto nível de abstração. Aqui, deixamos as margens, mesmo alusivas, a objetos técnicos "pontudos" e remamos rumo à desejável imagem de um futuro sem características outras senão a de ser um futuro. A última campanha das telecomunicações lançou esse "futuro antecipado", do qual afirma ser garantia... como todos aqueles dentre nós que utilizam o futuro para falar do que pode vir a ocorrer. Porque ela mantém esse futuro singularmente vazio de todo conteúdo – vivendo nisso a lei tautística da última etapa –, contentando-se em afirmar que o futuro está "à frente", algo de que se poderia duvidar... O céu atravessado de nuvens, navega o azul, cor da fidelidade e dos espaços siderais. Nada mais que a afirmação reiterada de que esse espaço está expresso em signos: *signos das telecomunicações*. A própria natureza, seus elementos é que são os referentes mundiais planetários das empresas globais.

A assinatura confere existência. Sem as telecomunicações, nada de céu, de futuro, de mundo. Esses são os três "momentos" da publicidade[13]. Poderíamos escrever o mesmo sobre o *marketing* e as pesquisas de opinião, mas não poderemos desenvolvê-lo aqui, por falta de espaço.

IV | Tecnologias do espírito e ciência cognitiva[14]

Analisaremos na seqüência as tecnologias do espírito (1) e a ou as ciências cognitivas (2).

1. As tecnologias do espírito – Assistimos a uma verdadeira revolução das antigas técnicas de pensamento. As teorias da informação e da comunicação, as práticas que o império da comunicação exalta e provoca perturbaram um pouco a razão habitual. Não se trata mais dos currículos em duas partes das faculdades de direito ou em três das fa-

---

13. Para dar um exemplo desse terceiro momento, cf. Pascale Weil, *Communication oblige* (Paris, Éditions d'Organisation, 1990).
14. Cf. Lucien Sfez, "Le réseau: du concept initial aux technologies de l'esprit contemporaines", *Cahiers Internationaux de Sociologie* (1999, vol. CVI); cf. ainda Lucien Sfez, "Les ambassadeurs d'internet", *Le Monde Diplomatique* (mar. 1999).

culdades de letras que nos governam. Eles eram as armas dos governantes de ontem, últimos avatares da dogmática medieval, injustamente desacreditada, que permitia a interpretação, o jogo entre as instâncias, em suma, um pouco de liberdade[15]. Esses procedimentos canônicos são atualmente substituídos, nas camadas dirigentes, por uma "nova" razão.

Podemos enunciar aqui um quadrilátero: rede, paradoxo, simulação, interação.

A) *A rede* – Vinculada inicialmente aos lugares do corpo humano, a rede é a das veias e dos nervos que transportam o sangue e os humores: líquidos nutrientes ou nocivos. Seus entrelaçamentos, seu "plexo"[16], formam um "entrelaçado" que é a própria substância da carne.

Ela será retomada sob a forma de uma visão circularista do mundo e de seus invólucros sucessivos, visão de um interior orgânico se autofechando por uma reprodução que também é "auto"[17].

O que poderia haver de difícil apreensão na noção de uma linha ou de linhas que não são lineares, de um vôo que não é sobrevôo, de uma finalidade que não tivesse fim – traços todos característicos das redes – é facilmente "pas-

---
15. Essa demonstração é a de Legendre em toda a sua obra.
16. René Descartes, *Traité de l'homme* (Paris, Gallimard, s. d.).
17. Anne Cauquelin, "Concept pour un passage", *Quaderni*, nº 3; cf. também Pierre Musso, *Télécommunications et philosophie des réseaux* (Paris, PUF, 1997), e *Critique des réseaux* (Paris, PUF, 2003); igualmente Daniel Parocchia, *Philosophie des réseaux* (Paris, PUF, 1993).

sado" ao público com o auxílio dessa imagem do corpo. O mundo de canais, satélites, cabos, fibras óticas, mensagens telemáticas, administração a distância, entroncamentos possíveis em todos os sentidos, multifunção de transmissores (o que se chama impropriamente de multimídia) não desestabiliza a concepção do mundo tradicional, à medida que a referência ao corpo resiste, em seu arcaísmo, às inovações técnicas.

Esse conceito é justamente um conceito de passagem e aclimata os espíritos a essa refundição dos elementos tradicionais do conhecimento, que são a causalidade e a linearidade, o determinismo e a não-contradição.

Não é de admirar vê-lo circulando em todos os meios, designando situações tão banais quanto a constituição de um caderno de endereços, um complexo de relações, uma reunião de filiais de empresas, a distribuição da edição ou da essência e até mesmo a teia de aranha da máfia, ao passo que, de outro lado, serve de suporte a construções abstratas e audaciosas em lógica matemática.

Desse modo, com o pensamento da rede, trata-se nem tanto de um canto de triunfo, mas de um compromisso, remédio para as angústias do mundo contemporâneo acerca da marcha dos acontecimentos ou das ações, da responsabilidade de fulano ou sicrano em uma empresa. Se a rede não tivesse como fundo original esse apego ao corpo e à árvore, ninguém duvida que o questionamento das "fontes" e dos "fins" pela circularidade de canais multi-ramificados suscitaria problemas ontológicos e de ordem moral sem fundo...

B) *O "e" do paradoxo* – Como Yves Barel esclarece[18], toda forma, seja ela social ou biológica, natural ou artificial, pode dar lugar a duas visões, uma que utiliza o "*ou bem*" (isso) "*ou bem*" (aquilo), e a outra "*e*" (isso) "*e*" (aquilo).

O paradoxo era, nem faz tanto tempo, um exercício de lógica, considerado a propriedade de uma língua dizer o que diz ao mesmo tempo que o nega.

O "eu sou um mentiroso" do cretense* encontrava seu lugar, limitado ao interior de aspas que condenam a proposição a uma meia solidão sitiada, como ela o é por encaixes possíveis. Com efeito, basta posicionar essa proposição em um discurso que lhe atribua o lugar de paradoxo, enquanto o conjunto de proposições "normais" continua a funcionar sem cerco intempestivo. Completamente diferentes são os paradoxos modernos que invadiram pouco a pouco os domínios científicos, a ponto de inverter a ordem dos fatores: é o paradoxal que é englobante e são as proposições afirmativas ou descritivas que se tornam exceções no ambiente paradoxal.

---
18. Yves Barel, *Le paradoxe et le système* (Grenoble, Presses Universitaires de Grenoble, 1979).
* Paradoxo do mentiroso: "Todos os cretenses são mentirosos, disse o cretense Epimênides. Se você diz que está mentindo e está dizendo a verdade então você está mentindo?" (Cícero). (N. de T.)

Trata-se de uma ligação desfeita, de um ir junto que não vai junto, de uma confusão entre sujeito e o objeto sob o mesmo traço de realidade de segunda ordem.

Aqui, não é o princípio de linearidade e de causalidade que é posto em xeque, mas o da não-contradição, que passa por modificações relevantes. Que um objeto possa ser isso e aquilo, que eu seja isso *E* aquilo, dentro *E* fora, e eisme exposto a um estranho mecanismo!

A essa confusão de pontos de vista se acrescenta a que provém da reversibilidade entre a parte e o todo. A parte envolve a totalidade que ela "exprime", enquanto a totalidade envolve a parte pela qual ela é expressa. A era dos paradoxos se abre, então, como a de uma reestruturação espáciotemporal. E a relatividade generalizada está longe de fazer sua parte unicamente nas esferas celestes. Ela está presente na esfera particular que é a da *intelligentsia*.

A auto-representação e a auto-referência, essas duas fórmulas sistematizadas do paradoxo, são seus cavalos de batalha. Não seríamos pensantes se não tivéssemos em nós esse movimento perpétuo de referência a nós mesmos que nos encerra em seu círculo. Proporcionemos ao computador sua própria auto-referência, a possibilidade de se lançar em abismos, e deixará de haver diferenças entre a máquina e o humano[19].

Nisso se vê que, como parte do jogo, o paradoxo se transforma em uma tecnologia que reinará como senho-

---

19. Cf. D. Hofstadter, *Escher, Goëdel et Bach* (Paris, InterÉditions, 1986).

ra absoluta, tanto mais absoluta quanto mais um paradoxo não possa ser contradito.

C) *A simulação* – Assim como o paradoxo, a simulação é sintoma de uma crise que ela pretende superar. E, assim como ele, tenta englobar todos os conceitos e eliminar todo o conflito em seu processo. Tão totalitária assim, ela visa dar a chave totalizante de um enigma, misturando as pistas. Mas, ainda melhor que o paradoxo, ela cobre e recobre dois outros elementos do tautismo, o autismo e a tautologia.

A fonte platônica nos apresenta dois pressupostos que impregnam nossa maneira de ver:

– a cópia-simulação é muito inferior ao original; é preciso desconfiar dela;

– o paradigma, cópia controlada pela ciência, é útil ao conhecimento; devemos nos valer dele.

Uma espécie de contaminação recíproca se dá entre as duas versões, e nós, ao mesmo tempo, desconfiamos da imagem e confiamos ao extremo no modelo científico... dois preconceitos que nos atingem simultaneamente.

O problema permanece intacto: a simulação é boa ou má? Mas eis que sobrevém o "simulador", objeto "real" e tão natural quanto a realidade da qual é decalque. Epicuro nos oferece, nesse ponto, um *typos*, uma marca ou modelo miniaturizado dos corpos dos quais ele emana. Isso porque, em Epicuro, os simulacros são claramente imagens, mas não a ponto de serem imitações, semelhantes com relação a um original ou à idéia. As imagens existem, são objetos físicos, mais leves e mais sutis que os corpos sólidos dos quais emanam permanentemente. Com efeito, visto que elas, enquanto tais, emanam dos corpos, propagando-se sob forma de pequenos conjuntos reduzidos, as imagens podem ser chamadas de *typoi*: modelos ou moldes (o *typos* é o molde em relevo que serve para cunhar moedas). O modelo também é teórico, porque há um *typos* da própria teoria de Epicuro: sua fórmula ou seu resumo – assim como há *typoi* dos corpos sob a forma de simulacros –, essas imagenzinhas que vêm impressionar os sentidos[20].

Com o simulacro epicuriano, chegamos à segunda versão da noção: se a primeira estava limitada a se definir por relação com o verdadeiro e se via acusada de inferioridade, até mesmo de malignidade, a segunda se refere ao uso possível de um signo que tem a mesma textura daquilo de que provém, que possui a mesma garantia de autenticidade, que é tão "real" quanto sua fonte.

Vemos aqui se desenhar, como um avesso do platonismo, um avesso do todo verdadeiro (ou do todo falso, é a mesma coisa), ao abrigo de toda instância moral de distinção, que facilita enormemente a tarefa dos tecnólogos, para quem a distinção homem-máquina não tem sentido... Desse modo, os computadores pensantes seriam justamente simulacros (e não simulações).

---

20. Epicuro, *Lettre à Hérodote* ; cf. o comentário à carta em J. e M. Bollack, H. Wisman, *La lettre d'Épicure* (Paris, Éditions de Minuit, 1971).

Para essa posição, que poderia reivindicar o apoio de Epicuro, os computadores não simulam, eles são, enquanto simulacros. Como tais, eles podem prefigurar um mundo sem verso nem reverso, sem ontologia, um mundo indiferenciado, ilimitado. Esse mundo sem verso nem reverso é o do paradoxo.

D) *Interação* – Último termo da quadrilogia, a interação é usada como argumento – de venda – tanto no mercado teórico como naquele, mais rasteiro, da economia[21]. O campo que ele designa vai da semiologia lingüística à sociologia e, de passagem, se apodera dos pedaços já dispostos pelas noções de paradoxo, de rede e de simulação. Nesse sentido, o termo é a ilustração da hipótese, que nós desenvolvemos, da emergência de uma "era da confusão", em relação direta com a sociedade Frankenstein, e nos interessa muito.

A interação é invocada em auxílio de quem se interrogaria sobre a perda da criatividade que o indivíduo sofreria em conseqüência da maquinização de sua memória e dos procedimentos heurísticos que lhe são próprios. Essa interatividade se daria como um diálogo com um ser inteligente, que além de tudo não se esquece das coisas e que não se dá ao trabalho de passar sermão: você não o irritará, ele não

---

21. Cf. Marie Marchand, *L'interactivité mode d'emploi* (Colóquio Internacional do CNCA, 7-8 jan. 1986, publicado pelo Mission Câble nas Éditions du Centre Georges-Pompidou, 1986), p. 63; Marie Marchand et alii, *Les paradis informationnels* (Paris, Masson, 1986).

lhe infligirá nenhum dano. A interatividade assim exaltada e destacada se torna uma chave-mestra que suprime medo e desconfiança e que, pela promessa de um diálogo enriquecedor, só faz dourar a pílula. Se as coisas são assim, por que então se privar de uma relação de criatividade rentável?

Aproximamo-nos, assim, de uma análise em termos de semiótica social e aceitamos integrar as teorias do sujeito à relação do homem com a máquina, não em uma relação de indiferença, um diante do outro, mas em mútua e recíproca interpenetração: ao fazer isso, alinhamo-nos com uma teoria da comunicação em termos de *Lebenswelt*, de horizontes de vida partilhada.

Em outros termos, recuperamos um ser do "verdadeiro" no interior de um sistema que o exclui, para assegurar sua credibilidade[22]. Atitude claramente paradoxal e que, como acontecia no caso das outras noções, permite realizar a *confusão*, passando alternativamente de um a outro aspecto do dispositivo.

Nesse jogo entre o vivido e o verdadeiro, o embreante principal, o intermediário obrigatório, o representante do verdadeiro junto ao vivido e do vivido junto ao verdadeiro, o novo Cristo, em suma, é a interação. Importadora-exportadora, compradora ou vendedora e principal distribuidora das tecnologias do espírito. É ela que, sem produzir muito, define os preços de uma a outra ponta do mercado.

---

22. Sobre a interatividade e o desaparecimento do sujeito, cf. a interessante nótula de Marc Guillaume, "Être (interactif) ou ne pas être", *Bulletin de l'IDATE* (jul. 1985, nº 20), pp. 331-2.

E o círculo se fecha. A interatividade generalizada é também a simulação, o paradoxo e a rede.

2. A ou as ciências cognitivas

As ciências cognitivas: se se trata de ciências cognitivas no plural, isto é, de pesquisas experimentais voltadas para o cérebro em suas relações com a cognição, tais como as que hoje praticam Jacques Mehler, Jean-Pierre Changeux, Guy Tiberghien ou os experimentalistas americanos, não temos objeção a fazer.

Mas, por trás dessas ciências verdadeiramente plurais, modestas e precisas, perfila-se um objeto que pretende reduzir o plural ao singular, as multifacetas do conhecimento a uma essência comum e que cede à fascinação siderada do Todo-Uno: esse objeto se chama ciência cognitiva. Ela está lá, ciência tautística do tautismo. Pylishyn e Fodor são seus principais expoentes[23].

A ciência cognitiva: o delírio simoniano era puramente representacional; o de Varela, unicamente expressionista. Suas recaídas práticas afetavam apenas uma parte das atividades humanas: a máquina pensante e falante, ou a terapia transformadora das energias.

Por seu lado, a ciência cognitiva pretende somar o conjunto das tecnologias do espírito, captar todos os procedi-

---

23. Cf. Lucien Sfez, *Critique de la communication* (op. cit., 3ª parte, cap. 2).

mentos do conhecimento, em busca de *um conhecimento do conhecimento se conhecendo*; traçar um círculo definitivo em torno de um objeto, centro dessa circularidade: o pensamento do computador. E "isso" avança, "isso pega" pesquisadores experientes nas duas margens do Atlântico, ou do Pacífico.

Ciência *autística*, ela é surda aos acontecimentos do mundo exterior. *Tautológica*, ela reproduz ao infinito sua própria estrutura. *Totalizante*, ela encerra em sua circularidade, em sua "harmonia". *Totalitária*, ela decide que não há outro modo de conhecimento além daquele que consiste em reportar ao computador todo objeto pensante. Sob todos os seus aspectos, ela é exatamente o apogeu do movimento tautístico. O que é, afinal, essa neociência? De onde vem ela? Como se apresenta?

Noção – Três traços caracterizam essa ciência do cognoscível e do conhecimento, estabelecendo-a como ciência tautística do tautismo.

a) De início, o autismo – Contrariamente à psicologia cognitivista, a ciência cognitivista não se orienta para o aperfeiçoamento das máquinas que pensam. Os cognitivistas não são nem engenheiros, nem se vêem tentados pelos resultados "triviais" dos sistemas especialistas. A ferramenta computador é uma ferramenta inicialmente reflexiva. Ela nos serve para fazer perguntas a nós mesmos. É uma ferramenta de investigação interna. Todo o cognitivismo está centrado no interior da rede. Ele pouco se preocupa com prolongamentos externos. O cognitivismo é surdo-mudo, interessado em si mesmo.

Não se trata mais de performar técnicas, de saber se se conseguirá chegar a algum lugar ou não. O debate se interiorizou. Ele se torna abstrato. Os computadores e as computações de que ainda vamos ouvir falar não existem. Trata-se de sua essência, de sua idealidade. Estamos na construção de um espaço fictício, cujos elementos são tomados de empréstimo ao existente, mas que são recompostos em maquinarias textuais, para fins de investigação[24].

b) Em seguida, a tautologia – Tem-se, no início da cadeia, a hipótese de um pensamento completamente representacional, capaz de ser explicitado segundo um sistema IPS. Aqui, e para um campo restrito, cognição = computação (hipótese verificada por todos os trabalhos dos analistas de sistemas e da psicologia cognitiva). Tem-se, ao final da demonstração – depois da ampliação da hipótese às outras "faculdades" ou funções do cérebro (emoções, crenças, situações de fala, intersubjetividade) –, o retorno à primeira hipótese. *Toda* cognição é "computacional", é o que nos dizem, por um jogo de afirmações repetidas.

c) Por fim, o totalitarismo – A ampliação teórica das coisas pensantes é uma *condição* para pensar o computador como "pensante". Posto nesses termos, o problema já pas-

---

24. Cf. "Le TEX ou Thought Experiment", brilhantemente analisado por E. Duickaerts em *Quaderni*, nº 1.

sa a comportar sua resposta, discretamente. Se existem coisas pensantes, e se o computador é uma coisa, é possível que ele pense...

– O segundo nó lógico, dificilmente contornável, decorre de que a ampliação, que poderia compreender o computador como coisa pensante, ainda ultrapassa essa proposição. Dessa vez, a *computação* é aqui a classe genérica na qual entrariam os cérebros humanos. O processo do pensamento seria "computacional". O último termo de uma série se torna o continente da série inteira e, na qualidade de continente, sua referência última e sua idealidade.

– Esse traço é característico do movimento desencadeado pela ciência cognitiva. E vale tanto para a ciência cognitiva como para a operação propriamente inversora, constitutiva da religião segundo Feuerbach. Operação que consiste em abstrair do estudo do homem atributos que, em seguida, são projetados no exterior, em um espaço decretado objetivo (primeiro movimento); e que então passa a servir (segundo movimento) de medida e de validação, tanto como de idealidade e de finalidade a esses mesmos atributos.

V | A comunicação, critério dos regimes políticos

A comunicação representativa fundara, finalmente, nosso velho sistema republicano, ocidental; a comunicação expressiva a ajudara nessa tarefa. Mas veio o tautismo.

A) *A comunicação representativa: religião republicana e leiga* – As máquinas políticas dessa religião republicana apresentam exatamente as mesmas características das máquinas comunicativas. Elas são as máquinas da técnica social. Ao passo que as máquinas técnicas são casos particulares da religião leiga, maquínica da República.

É que elas têm em comum um conceito fundador: o próprio princípio da separação leiga, cujo instrumento é a representação. A representação supõe um corte entre o representante (relativo, sempre variável) e o representado (absoluto, intangível, inominado). Conseqüentemente, podemos compreender que a representação política e maquínica constitui um bloco: as unidades discretas, analíticas, mas reunidas em uma cadeia representativa na teoria da informação, remetem aos cidadãos, átomos indivisíveis reunidos na cadeia representativa, soberania geral. O sujeito humano, fora da máquina técnica, mas cujos atributos são mantidos, remete ao sujeito absoluto, ou *Res Publica*, que é excluído das máquinas sociais autônomas, mas que as permite. Os contrapesos analíticos, em peças destacadas, da sociedade política, remetem às peças destacadas da sociedade civil, e as peças destacadas da sociedade civil remetem às peças destacadas da máquina técnica. A legibilidade das máquinas comunicativa, social e técnica, seu tipo de visibilidade são apenas conseqüência de sua representatividade comum. Assim como sua distinção comum entre o explícito e o implícito.

Ora, a bola de bilhar é republicana. Para compreender isso, precisamos passar pela *Enciclopédia*. Os enciclopedistas – Diderot à frente – nos exprimiram, ao mesmo tempo, um amor imoderado pela comunicação, pela máquina, por uma sociedade civil desembaraçada de seus entraves[25]. Eles lançaram as primeiras bases da religião maquínica, universais da sociedade civil.

B) *A comunicação expressiva: religião republicana e leiga* – Essa comunicação expressiva é a de um Espinosa, ou de um Leibniz. Jamais foi integralmente aplicada. Muito menos as prescrições do *Traité de l'autorité politique*. Espinosa, constitucionalista, é ignorado: ele dissipa tesouros de engenhosidade para fazer com que o poder – não obstante tudo, necessário – não encarne o absoluto. Tanto no caso de um rei, desde que ele seja estritamente controlado, como no de certo tipo de aristocracia, que privilegiaria pequenas cidades em estado de discussão permanente (uma espécie de confederação autogestionária) em detrimento da capital[26]. Numerosas limitações e numerosos contrapesos são aqui propostos.

Elemento essencial em seu pensamento metafísico e político, não há causa e efeito, ao modo linear, representativo da bola de bilhar e de nossos sistemas republicanos.

---
25. Cf. Lucien Sfez, *Leçons sur l'égalité* (Paris, Presses de la Fondation Nationale des Sciences Politiques, 1984, 2ª parte, cap. II).
26. Sobre todos esses pontos, cf. o *Traité de l'autorité politique*, assim como o *Traité théologico-politique* e *L'éthique*.

Porque achamos que aqui causa e efeito são a matriz da separação representada (causa)-representante (efeito), ou do inverso, que predomina em nossas sociedades ocidentais atuais: representante (causa), representado (efeito), outra maneira de dizer, como Duguit, governantes e governados. Aqui não se tem nada disso: a causa é o efeito, o efeito é a causa, ele está totalmente na causa. Um só movimento que se desdobra. Assim se fundam um saber e uma prática autogestionária, confederativa, em estado de discussão permanente, que Espinosa entrevê no *Traité de l'autorité politique*. Dados sempre atuais.

Porque a comunicação expressiva, jamais aplicada em toda a sua extensão, desempenha um papel permanente na história das instituições. Ela constitui o remédio simbólico contra o excesso da representação fria, abstrata.

Não nos referiremos aqui à já conhecida demonstração de *L'enfer et le paradis*.

Em seqüência direta de uma "crítica da teologia política", observarei apenas que as operações simbólicas à moda antiga não "pegam" mais, não se cristalizam mais em nossas sociedades de política fragmentada, e que hoje o consenso se organiza a partir de um fac-símile de uma operação simbólica fictícia, *sem corpo e sem origem:* a comunicação e sua forma particular, tautística. Essa forma simbólica pretende substituir todas as antigas figuras que reuniam e conferiam a identidade, tais como nação, soberania e a figura muito central da igualdade. A comunicação não é a ligação entre dois sujeitos iguais? Sem dúvida, exceto que, em autismo, a igualdade não atenda ao chamado e a máquina tautística só se comunique interminavelmente consigo mesma, em um solipsismo circular perfeito.

C) *O tautismo: teologia totalitária* – Totalitário, o tautismo. Porque ele pretende trazer ao mundo todo simplesmente o saber, a igualdade (?), a felicidade, o trabalho-lazer para todos, por meio da máquina servidora-senhora: são esses os termos-chave do discurso inaugural do responsável supremo pelo projeto japonês da quinta geração de computadores[27].

Totalitário também porque questiona todas as separações e contrapesos de nossos regimes republicanos. Por que conservá-los, se a verdade é midiática? Uma pesquisa de opinião não vale mais que uma decisão do Conselho constitucional? Vontade inédita de poder mascarada por uma publicidade mercantil e que, em seu excesso, apresentaria pequeno risco, não fora a fascinação pela tecnologia e por uma ciência transparente.

Pois a comunicação já tinha um nome para ela. Quem não quer comunicar? E a não-comunicação não é uma doença? Ela dispõe, além disso, da aura da ciência (cognitiva, ou seja lá qual for). Aliás, a comunicação é científica, as-

---
27. Para mais detalhes e para a crítica, cf. o livro de Florès e Winograd, *L'intelligence artificielle en question* (Paris, PUF, 1989).

sim como toda a ciência é comunicativa. Ela ainda dispõe do apoio das instituições públicas em crise de poder, em uma sociedade em que a velha representação política se torna frágil e contestada, e do suporte dos ambientes de negócio em crise de mercado. Por fim, ela dispõe do aparelho de medicalização da sociedade chamado psicoterapia e relações humanas. Mas é preciso ligar todos os elementos entre si e, para tanto, travar uma busca sem limites da simbolização.

É preciso, então, encontrar uma simbolização forte, a do deus da Bíblia, à americana, ou do deus secular da ciência. Só faltava Deus para fechar e amarrar o conjunto: eis o que é feito do deus americano, protestante e mercantil, ou do deus leigo portador da verdade social, universal e definitiva da quinta geração de computadores.

Conclusão

Confusão, terceira definição da comunicação

Aqui, foram levados a desaparecer a mensagem, o sujeito emissor, o sujeito receptor. Suprimidas a realidade do sujeito, a realidade do mundo; de partida a realidade interativa dos indivíduos. Eliminada toda referência à representação cartesiana, que põe distantes o sujeito e o objeto. Eliminada também toda referência à expressão espinosiana, à delicada inserção de um sujeito complexo em um ambiente complexo.

Aqui, a comunicação não passa da repetição imperturbável do mesmo (tautologia) no silêncio de um sujeito morto, ou surdo-mudo, encerrado em sua fortaleza interior (autismo), captado por um grande Todo que engloba e dissolve até o menor de seus átomos paradoxais. Essa totalidade sem hierarquia, esse autismo tautológico, eu os chamo de *tautismo*, neologismo que condensa totalidade, autismo e tautologia. A comunicação se faz aqui de si a si mesma, mas de um si diluído em um todo. Essa comunicação é portanto a de um não-si a um não-si-mesmo.

Esse esmagamento, essa confusão generalizada, nós a devemos a um não-sentido inicial: quando se toma o representar pelo exprimir ou o exprimir pelo representar. Quando se crê que o que nos é dado a ver pela representação é a própria expressão da realidade do mundo sensível, ou ainda quando se interpreta a realidade sensível, imediata, como uma encenação, uma ilusão. Elas estão aí, as armadilhas da sociedade Frankenstein: está instalado ali seu germe tautístico, isto é, totalitário.

Conclusão geral
Contra a comunicação confusional: a interpretação

Aqui não estamos tratando de nos opor à comunicação. Na verdade, por que não comunicar? Mas, como vimos ao longo deste livrinho, em si mesmo, comunicar não quer dizer nada. Há várias comunicações possíveis. No mínimo três: a *representativa,* a *expressiva*, a *confusional*, que tende hoje a abarcar o universo e se pretende a única comunicação possível. É essa comunicação confusional que parece perigosa, é a ela que se opõe uma política do bom senso e da interpretação.

Em que universo estamos, afinal? Um universo de ficção científica, onde as máquinas falam e os homens se comunicam por meio de próteses artificialmente conectadas a circuitos anônimos? Onde a devoção para com a técnica toma ares de religião, sacraliza ídolos, *idola*, imagens? Religião que é mescla de todas as ortodoxias, paradoxias, heterodoxias, seitas e panelinhas, até mesmo do fenômeno da "ex-communicatio"?*

O bom senso

Poderíamos nos admirar e perguntar: "Mas o que tem isso a ver com nossa vida rotineira? Isso vale para nossas relações cotidianas? Para nossos discursos, nossas atividades?". Ou ainda: "É isso o que nos espera, é para isso que devemos nos preparar? Recusar?". Perguntas que, afinal, o "bom senso" deixa de lado. Nem leva em conta.

Esse bom senso também permite ouvir uma nota discordante no concerto gravado dos teólogos da comunicação. Ele viu muitos outros. Os objetos técnicos são integrados na medida de sua utilidade em facilitar a vida. Mas são objetos de derrisão a partir do momento em que se apresentam como brinquedinhos, sinais da moda ou efeitos perversos. Nesse sentido, *Meu tio*, de Jacques Tati, ilustra perfeitamente o "bom senso", inclusive em seu aspecto arcaico, passadista. A ironia é um belo modo de expressão do bom senso.

Ironia, ou ainda zombaria coletiva, quando as práticas de uma sociedade alteram os esquemas maquínicos. Que dizer dos italianos do sul, nas camadas populares, que geral-

---

* No original francês, *ex-communication*, o que daria em português "ex-comunhão". Para manter a alusão à comunicação, presente no francês *excommunication*, optamos pela forma latina *ex-communicatio*. (N. de T.)

mente têm dois aparelhos de televisão e dois aparelhos de rádio por família e que ligam tudo simultaneamente, numa altura que raia o inaudível? Essa prática remete aos costumes napolitanos, quando cada pessoa grita em grupo e quando ninguém entende nada e ao mesmo tempo entende tudo[1]. As máquinas não emitem mais uma mensagem eletrônica imperturbável. Elas se tornaram napolitanas.

Realmente, é curioso (e malicioso) constatar que se existe algo que se opõe ao empreendimento da linguagem artificial, é justamente a conversação de todos os dias, com seus vaivéns, suas ligações omitidas, seus disparates, hiatos e lapsos e a carga de implícito que ela carrega. Contra ela se esboroam todas as tentativas de ordenação e esquematização. Sempre sobra um resto, e esse resto é o ordinário da fala: o insignificante, o falar para dizer nada, o banal e suas modalidades singulares. O superficial aqui assume o papel do profundo: o que permanece inatingível, justamente a errância do sentido e tudo o que ele tem de vago, que flutua e hesita e que exige a interpretação. Inversão de valor, que faz do objeto comum (opinião e discurso comuns) o alvo dos programas mais elaborados, quando antes, nem faz tanto tempo, ele era tido como desprezível e sem interesse.

---

1. Cf. minha pesquisa napolitana: Lucien Sfez, *Je reviendrais des terres nouvelles* (Paris, Hachette Littérature, 1980).

A comunidade de intérpretes

O senso comum, ou a partilha, intervém duas vezes na compreensão da fala trocada. Uma primeira vez com a comunidade de linguagem. Falamos a mesma língua (léxico, gramática e significação). Uma segunda vez, quando o interpretante abre para a partilha do sentido: "O que você quer dizer? É isso mesmo que você quer dizer? Não foi o que você quis dizer?". Nesses casos, os sentidos poderão ser vários, e a exegese, interminável. Pressupostos e subentendidos atuam no senso comum, e o "Dizer" se situa atrás do "Dito", como uma reserva polifônica de usos múltiplos. É justamente essa profundeza que habita a fala e que o programa não suporta. Profundidade que nada tem de metafísico, mas que é dada pelo discurso, sem o qual não poderia ser mantida.

No silêncio do dizer sobre o qual se funda o dito, podemos encontrar a matéria para resistir ao *tautismo*: à *totalização* por adições de saberes explícitos que conduzem rapidamente ao totalitarismo universalizante, à *tautologia*, que é a estagnação do sentido, porque a palavra trocada inventa na medida de suas próprias conveniências, resistir, enfim, ao *autismo*, pois nenhum discurso pode ser mantido só, nem mesmo somente a dois em uma troca biunívoca, um funcionando como espelho do outro: faz-se necessária a assembléia de atores que cerca os parceiros com sua presença invisível e age como anteparo ao narcisismo.

Essa comunidade do senso comum, elaborada ao longo das eras, é a barreira contra a qual vêm se chocar as ideologias tecnológicas de uma transparência do sentido a si mesmo por meio de signos.

Em outras palavras, não se pode ir do signo ao símbolo, da representação ao simbólico, acumulando signos atomizados e em seguida atribuindo-lhes um "valor" de símbolo, como Simon. A idéia dos cognitivistas, assim como a dos representativistas, de que o símbolo deveria ser atingido por último, se choca com a constatação de que a função simbólica precede os signos que ela liga.

Se a interpretação é parte integrante da comunicação e se, por outro lado, referimos essa interpretação à função simbólica, à medida que ela lê e liga os signos entre si pela *mediação de símbolos interpretantes*, devemos também reconhecer que ela se situa no lado oposto ao da confusão tautística.

Bibliografia

BALANDIER, G. *Le grand système*. Paris, Fayard, 2001.
BRETON, P. *Le culte de l'internet*. Paris, La Découverte, 2000.
DAYAN, D. *La télévision cérémonielle*. Paris, PUF, 1996.
ELLUL, J. *Le système technicien*. Paris, Calmann-Lévy, 1977.
LEGENDRE, P. *Paroles poétiques échappées du texte*. Paris, Seuil, 1982.
_____. *L'inestimable objet de la transmission*. Paris, Fayard, 1985.
MUSSO, P. *Télécommunications et philosophie des réseaux*. Paris, PUF, 1997.
_____. *Critique des réseaux*. Paris, PUF, 2003.
SFEZ, L. *Critique de la communication*. 3. ed. Paris, Seuil, 1992 [1988].
_____. *Technique et idéologie*. Paris, Seuil, 2002.
_____ (org.). *Dictionnaire critique de la communication*. Paris, PUF, 1993. 2 vols.

DO MESMO AUTOR

Critique de la communication. 3. ed. Paris, Seuil, 1992 [1988; 2. ed. refundida e ampliada, 1990].
Critique de la décision. 4. ed. Presses de la FNSP, 1992 [1973].
Essai sur la contribution du doyen Hauriou au droit administratif français. LGDJ, 1966.
Institutions politiques et droit constitutionnel. Em colaboração com André Hauriou. Montchrestien, 1970.

Je reviendrai des terres nouvelles: l'État, la fête et la violence. Hachette/Littérature, 1980.
L'administration prospective. Armand Colin, 1970.
La communication. 6. ed. corrigida. Paris, PUF, 2004 [1991]. "Que sais je?".
La décision. 4. ed. Paris, PUF, 2004 [1984; 3. ed. corrigida, 1994]. "Que sais je?".
La politique symbolique. Paris, PUF, 1993. "Quadrige".
La santé parfaite, critique d'une nouvelle utopie. Paris, Seuil, 1995.
La symbolique politique. 2. ed. corrigida. Paris, PUF, 1996 [1988]. "Que sais je?".
L'égalité. Paris, PUF, 1989. "Que sais je?".
L'enfer et le paradis, critique de la théologie politique. Paris, PUF, 1978.
Le message du simple. Em colaboração com P. Christin e A. Goetzinger. Paris, Seuil, 1994.
Le rêve biotechnologique. Paris, PUF, 2001. "Que sais je?".
Leçons sur l'égalité. Presses de la FNSP, 1984.
Problèmes de la réforme de l'État en France depuis 1934. Em colaboração com Jean Gicquel. Paris, PUF, 1965.
Technique et idéologie. Paris, Seuil, 2002.

OBRAS PUBLICADAS NO BRASIL

A saúde perfeita. São Paulo, Loyola, 1996.
Crítica da comunicação. Trad. Maria Stela Gonçalves e Adail Ubirajara Sobral. São Paulo, Loyola, 1994.

OBRAS ORGANIZADAS POR L. SFEZ

Décision et pouvoir dans la société française, Christian Bourgois, "10/18", 1980.
Dictionnaire critique de la communication. Paris, PUF, 1993. 2 vols.
La communication. Paris, PUF/Cité des Sciences, 1991.
L'objet local, Christian Bourgois, "10/18", 1977.
L'utopie de la santé parfaite. Atas do Colóquio de Cerisy. Paris, PUF, 2001.
Technologies et symboliques de la communication. Atas do Colóquio de Cerisy. Paris, PUF, 1990.

1ª edição Maio de 2007 | **Diagramação** Megaart Design
Fontes Rotis/Agaramond | **Papel** Ofsete Bahia Sul
Impressão e acabamento Vida e Consciência Gráfica e Editora